혼자라면

박이수 장편소설

혼자라면

박이수 장편소설

아직
도래하지 않은
혹은
이미 도래하고 있는

문학들

차례

01

드디어 나는 그때쯤 생을 끝낼 거라고, 어렸거나 젊었
던 어느 순간 왜였는지 모르지만 그렇게 마음먹었던 나이
가 되었다. 나는 그 생각을 나의 연인이었다고 말할 수 있
는 여러 남자들에게 마치 자랑처럼 이야기했던 걸 기억한
다. 그때마다 그들이 보였던 각각의 반응과 그에 걸맞는
표정들도 제법 또렷하게 기억하고 있다.

나이가 드니 지나간 별의별 일들이 마치 어제 일처럼
생생하게 눈앞에 펼쳐지곤 한다. 예를 들자면, 꽤 희망적
이던 관계였다가 어찌어찌한 이유로 헤어졌던 사람이, 떠
나기 전날 여러 캔의 맥주를 비우며 밤을 샜던 거실의 마
루장판에 새겨진, 늙은 호랑이 눈을 닮은 나이테 문양 같

은 것들이.

나는 그동안 여러 명의 남자를 겪었다. 처음부터 터무니없는 거짓말로 나를 들었다 났다 했던 사람은 거짓말이 모두 들통나자 정말 거짓말처럼 사라졌고, 그쪽이 이미 이혼 소송 중일 당시 나와 잠깐 만났던 사람은 내 쪽에서 결별을 고하자, 자신의 이혼이 마치 나와 밀접한 연관이라도 있었던 양 나를 향해 폭언을 퍼붓기도 했다.

하지만 원래부터 커다란 남자의 몸에 거부감을 갖고 있던 나는, 1년에 몸무게가 무려 15킬로나 불어난 그의 살들을 도저히 봐줄 수가 없어 그의 폭언을 고스란히 감당하며 헤어짐의 절차를 밟았다.

비교적 그들은 나를 쉽게 떠났다. 내가 그랬듯 그들 또한 늘 이별할 계획을 세우고 있었던 건지도 몰랐다. 그런 식으로 나와 짧게, 혹은 꽤 긴 시간 동안 연관된 남자들은 셋, 넷, 아니, 다섯 사람쯤 된다. 내게는 그렇게 많은 남자들이 있었다.

어쩌다 보니 양다리를 걸친 적도 잠깐 있었는데, 거짓말하는 게 버거워 얼마 못 가 양쪽 모두 끝내고 말았다. 끝내고 나면 반드시 다시 시작을 했다. 남자 없이는 못 사는 여자처럼 나는 그렇게 죽 끊임없이 남자를 만나왔다. 헤어지고 나서 시간이 흘렀을 때, 그들은 애틋한 표정으로 찍힌 한 장의 사진처럼 내게 남겨졌다. 어떤 것은 꽤 정적인 순간을 담고 있어서, 떠오른 순간 아릿한 통증이 느껴지기도 했지만 견딜 수 있을 만큼이었다.

특히 결혼하여 오 년이나 부부로 살았던 사람에게 어떤 아쉬움이나 미련 같은 게 남아 있지 않다는 건 내가 생각해 봐도 이상한 일이다. 오히려 그때까지 아이가 없던 내게 별다른 눈치를 주지 않았던 그의 부모나 형제들 소식이 궁금해지곤 했다. 그와 함께 사는 동안에 특별했던 건 사람이 몰리는 식당에 밥을 먹으러 가거나 극장에 영화를 보러 갔을 때 혹시 아는 사람을 만나면 어쩌나, 하는 걱정을 하지 않아도 된다는 것뿐이었다. 그것도 이혼하고 난 후 여덟 살이나 연하인 남자를 알고 지내면서 깨달은 사실이다.

나 몰래 남편과 만나왔던 남편의 여자에게 복수하고 싶어 냉큼 이혼을 했다. 비밀스런 관계를 즐기는 병적인 그들에게 그보다 더 확실한 복수는 없을 거라고 생각했는데, 돌이켜 보면 그건 복수가 아니라 그저 지나간 내 삶이었을 뿐이다. 남편과 헤어지고 나니 남편과 남편의 여자는 정말 나와 아무런 상관이 없는 사람들이 되었다. 이미 지나간 일들이기 때문에 그렇게 느끼는 건지도 모른다.

나는 아직도 어렸거나 젊었던 어느 순간에 가졌던, 그때쯤 생을 끝내야겠다는 그 생각이 아주 터무니없는 거였다고 여기진 않는다. 그때 내 얘기를 들었던 사람 중 누군가는 그 말을 기억하고 있을 것이다.

그러나 어느 누구도 내게 왜 아직 죽지 않는 거냐고 따지는 일은 없다. 아마 앞으로도 그럴 일은 없을 것이다. 그것은 아주 다행스런 일이다.

나는 며칠 전 집에서 가까운 의류매장에 나가 두꺼운 바람막이 안감이 덧대진 빨간 캐시미어 남자 스웨터를 사 가지고 돌아왔다. 과거에도 연인의 옷을 사는 일은 자주 있었다. 그 또한 지나간 일이어서 드는 생각인가? 그전의 그런 일들은 모두 도의, 치레, 의무와 같은 것들에 상응하는 행위였을 것이라 생각된다.

02

90사이즈의 내 마음에 쏙 드는 옷을 고르느라, 남자 옷 매장을 샅샅이 뒤져서 사 온 빨간 스웨터의 주인 광일 씨는, 젊은 날 이 나이가 되면 어떻게든 죽겠다고 했던 나의 새삼스런 연인이다. 그의 나이는 일흔, 나는 일흔셋, 그리고 우리 둘 사이에는 광일 씨의 아내 현자 씨가 있다. 그녀는 예순여덟 살 먹었다.

주로 낮이나 이른 저녁 시간에 내 집으로 오는 광일 씨는 열한 시 반이나 늦어도 열두 시 십 분 전에는 자기 집으로 돌아간다. 처음에는 그 이유가 현자 씨를 완벽하게 속이기 위한 거라고 생각했다. 그러나 시간이 흐르면서 그 이유에 대한 정확한 답을 내기가 어려워졌다.

광일 씨는 현자 씨가 집을 비우는 날도 반드시 집에 갔다. 어쩌다 그가 그녀에게 가지 않기 위해 그럴 듯한 이유를 만들었는데, 그때마다 나는 몹시 두려웠다. 다행히 그는 그런 날을 자주 만들지는 않았다.

우리는 메시지를 교환하는 일에도 많은 제한을 받는다. 나는 주로 그가 전화를 걸거나 문자를 주기를 기다리는 편이다. 상투적인 전화통화보다는 은근 순수한 데가 있는 그의 긴 문자를 좋아한다. 그것들은 한때 내가 집요하게 모았던 목각인형들보다 귀한 소장물이 되어 내 메시지함에 모두 보관되어 있다. 문자와 통화기능이 망가지지 않는 한 내가 전화기를 바꿀 일은 없을 것이다.

처음 광일 씨와 밤을 샌 그날, 파만 넣어 먹을 수 있게 준비해 놓은 곰국에 저녁을 먹은 광일 씨는, 샤워를 마친 뒤 팬티 바람으로 침대에 누웠다.

그는 상체를 모두 드러낸 채 비스듬히 누워 리모컨으로 티브이 채널을 이리저리 돌렸다. 겉으로 볼 때 왜소하고 깡마른 그의 속몸은 나이에 맞지 않게 선이 고왔다. 꽤 단단해 보이는 가슴팍에서 이어진 허리와 확연히 구분된 골반 라인이, 마주 앉아 국밥을 먹을 때나 차를 마시면서 늘상 보아 온 뾰족한 목울대를 중심으로 주름이 몰린 목과 찻잔을 입으로 가져갈 때, 약간 떠는 엉성한 손과 조직이 연결된 한 신체라는 게 믿기지 않을 정도로 매끈했다.

나는 좌탁 앞에 앉아 파인애플을 삭혀 만든 식초를 홀 짝거리며 그를 빤히 바라보았다.

채널을 고정한 그가 리모컨을 내려놓고 나를 향해 가냘 픈 양팔을 벌려 보였다. 나는 사탕을 문 아이처럼 달달한 식초음료로 볼을 한껏 부풀린 채 그의 옆으로 가 누웠다. 그가 내 머리를 들고 팔을 밀어 넣었다. 내 얼굴이 난로처 럼 따뜻한 그의 목덜미로 파묻혔다. 숨을 쉴 때마다 내 콧 김에 그의 목과 내 얼굴이 동시에 축축해졌다. 나는 그 자 세가 상당히 거북스럽다고 느꼈다. 그러나 그를 뿌리치지 않았다.

그가 지그재그로 여러 번 몸을 흔들어가며 애써 만들 어 준 자세를 곧장 바로잡는 것도 좀 그랬지만, 왜소하여 너무나도 안쓰러운 그의 몸피가 어딘지 모르게 편안하게 느껴졌기 때문이었다. 나는 손가락을 움직여 그의 어깨 언저리를 만져 보았다. 지방층이 얇은 살갗 안으로 각지 거나 동글동글한, 단단한 뼈들이 역력히 느껴졌다.

그런 자세를 취하고 누운 건 그때가 처음은 아니었다.

벌써 여러 번 시도한 바 있었다. 그가 호기심 많은 청년처럼 나를 태우고 근교에 있는 무인텔을 탐방하듯 여기저기 찾아다닌 후였으니까.

하지만 그때는 그를 자세히 볼 경황이 없었다. 욕실에서 가운으로 몸을 꽁꽁 싼 채 빠져나오면 광일 씨가 벗고 누워 성인영화를 보고 있긴 했다. 그러나 그런 곳 특유의 불그죽죽한 불빛과 현란한 벽 같은 데에 정신이 더 쏠렸고, 무엇보다 내 몸을 가리기 급급하여 광일 씨를 살필 여유가 없었다.

중간에 내가 양치질을 하고 나와 그의 얇은 어깨에 얼굴을 붙이고 누워, 홀쭉한 그의 배 위에 오른쪽 다리를 통째로 올려놓았다. 다리가 미끄러질 때마다 부드럽고 따뜻한 그의 성기가 오금에 집혔다. 그가 내 목 밑에 있는 팔을 움직여 내 얼굴을 살살 만지는 동안, 나는 그의 군더더기 없는 몸을 느끼고 있었다.

내 어딘가를 줄곧 만지작거리고 있던 손을 바닥으로 서서히 떨어뜨리더니 그가 살짝 코를 골았다. 나는 고단한 그의 잠을 방해하지 않기 위해 모든 동작을 일제히 멈추었다. 숨까지도.

마지막으로 오금으로 집고 있던 성기를 살짝 놔준 뒤,

그가 완전히 잠들 때까지 나는 가늘게 호흡하면서 눈뜬 시체놀이를 하듯 죽은 시늉으로 누워 있었다.

그의 눈꺼풀이 이따금씩 불안정하게 흔들렸다. 서서히 미끄러진 고개가 베개 밑으로 툭 내려앉는 통에 입술이 약간 벌어지면서 광대뼈뿐인 얼굴에 비해 두꺼운 그의 입술이 간헐적으로 달싹였다. 가슴에 모으고 있던 양손의 손가락 끝이 번갈아 한 번씩 까딱거렸다. 관리인이 된 꿈을 꾸었던 걸까?

그는 친척의 건물 관리를 맡게 될 것 같다고, 내게 언젠가 말한 적이 있었다. 신이 난 얼굴로 그 얘기를 했었다. 그때 자기는 원래 손으로 뭘 만지고 고치는 걸 좋아하기 때문에 그런 일도 잘 맞을 것 같다면서 손가락을 쫙 펴보였었다.

그는 곧 깊은 잠에 빠졌다. 내가 그의 가벼운 머리통을 들어 베개를 받쳐 주자 입술도, 손가락도, 눈꺼풀도, 모두 고요해졌다.

그날 밤, 밤새도록 그가 내게 하는 무언의 고백을 들었다. 벌어진 그의 입술이 내 쪽을 향해 있었다. 가끔씩 누군가와 싸우는 사람처럼 표정이 일그러질 때면, 치열이 고르지 못한 이가 부딪쳐 빠그작, 소리를 냈다.

자신의 이상한 어떤 점을 내게 들키는 데, 내가 그의 이상한 점들에 대해 호의적일 거라는 데, 아무런 의심조차 없이 잠든 얼굴은 백 마디 말이 갖는 의미보다 더한 신뢰를 내게 전했다. 겨드랑잇살이 늘어졌고, 발뒤꿈치가 그물처럼 해졌지만, 잠든 그의 옆에 누운 나는 아직 너무 젊었다.

새벽 네 시 삼십 분에 잠에서 깬 그가 몸을 반쯤 일으키고 부성부성한 눈으로 나를 내려다보더니, 내 팔을 가져다 베고 가슴팍으로 얼굴을 딱 붙여놓았다.

어젯밤 당신 너무 피곤해 보였어.

그가 말했다.

그는 자신의 성기가 발기되지 않을 때면 늘 그런 식으로 말했다. 자기가 서지 않는다고 말하지 않았다. 정말 그렇게 믿는 것 같았다.

왜 이렇게 좋으냐.

그는 내 등을 계속 쓰다듬었다.

늘 이렇게 벗고 자?

내가 물었다.

아니, 한 번도 그런 적 없어.

그는 젖먹이 아이처럼 턱으로 내 가슴을 꾹꾹 누르며

나를 빤히 쳐다보았는데, 퇴행적인 그의 동작이 그다지 어색하지 않은 게 신기하기만 했다.

거짓말?

그의 말이 거짓말이라고 믿은 것도, 그를 신뢰하게 된 것도, 바로 그 순간 거짓말의 '말'과 턱을 동시에 추켜올리며 내가 그를 빤히 바라보던 그때부터였다.

그의 얼굴에 미안한 빛이 역력했다. 나는 그에게 그 무엇도 묻지 말아야 한다는 걸 모르지 않았다. 그는 내가 묻는 말 대부분에 거짓말로 답해야 한다는 걸 너무 잘 알고 있었으나, 나는 수시로 그 사실을 잊은 채 곧잘 많은 것들을 물어보곤 했다.

그를 곤란하게 만든 게 미안해진 그날, 사이즈를 재듯 그의 손목을 꽉 쥐어 보았다. 엄지와 중지를 있는 힘껏 늘리자, 작은 축에 속하는 내 손 안에 그의 손목이 쏙 갇혔다. 내 손 안에 잡히는 남자 손목은 처음이었다.

나는 그의 맥을 붙들고 누워 현자 씨를 생각했다. 지금껏 아내가 있는 남자는 그가 처음이어서, 남자 옆에 누워 다른 여자를 생각해 본 것도 그때가 처음이었다. 내가 도통 잠들지 못한 걸 알았던지, 그가 아내는 잠이 정말 많다고, 다소 불만스런 투였지만 별 뜻 없이 말했는데, 내 머릿속엔 어느새 호피무늬 담요를 덮고 잠든 현자 씨가 들어앉아 있었다.

광일 씨의 차 조수석 바닥에는 언제나 조그만 여자 트레킹화 한 켤레가 가지런히 놓여 있고, 뒷좌석에는 네모로 반듯하게 개켜 놓은 무릎담요가 실려 있다. 담요는 광일 씨가 길을 가다가 오천 원 주고 산 거라고 했다.

그 담요로 무릎을 감싼 현자 씨가 운전을 썩 잘하는 그의 옆 좌석에 의자를 눕히고 앉아 세상모르고 잠든 모습을 상상한 그 순간, 나는 광일 씨를 조금 사랑하게 되었다.

나는 어떤 상황을 만나면, 거기에 쉽게 이끌리고 적응하는 편이어서 내 스스로 줏대 없다고 느낄 때가 많다.

지나간 연인 중, 비교적 성적으로 잘 맞았던 사람이 있었다. 당시엔 나도 어떤 거부감 없이 그와 어울렸다. 일반적으로 인간이 가진 감정과 그에 따른 표출, 분출이 가져다주는 쾌락을 적절히 누리며 살았다.

그럼에도 불구하고 나는 어느 사무실이나 길에서 우연히 마주치게 되는 낯선 남자들의 각지고 반듯한 어깨, 그들이 신고 있는 커다란 신발 같은 것들을 무서워했다. 육중하고 단단한 신체 안에 그들이 숨기고 있을 굳세고 강한 의지, 난데없는 어리석음, 어처구니없는 폭력성, 야망 등 많은 것들이 상상되었기 때문이었다. 그런데 그날, 노란 은행잎이 무수히도 떨어져 내리던 그날, 문득 내 안에서 솟구치는 난데없는 감정을 추스르지 못한 채, 나는 광일 씨를 향해 다가가고 말았다.

독서지도사 봉사단체에서 오랫동안 활동해온 나는 청소년 자활센터에 봉사를 나갔다가 알게 된 지인의 소개로, 광일 씨의 조카가 원장으로 있는 아동보호시설 아이들에게 독서와 연관되는 재능기부를 시작했다.

젊은 시절 같으면 반의무적으로 체면상 하던 일들이 점점 절실하게 느껴진 지 오래된 터라, 당시 나는 내가 하고 있는 모든 일에 상당한 열정을 가지고 있었다. 소망원 아이들을 만나러 가는 날도 처음 독서클럽을 차렸을 때만큼이나 마음이 설레었다.

일주일째가 되던 날, 전날 비가 내렸던 탓으로 햇살이 유난히 맑았던 그날, 나는 시설 주차장에 도착하여 잎이 다 떨어져 버린 은행나무 아래 차를 세우다가 사무실 뒤편에서 담배를 피우고 있는 광일 씨를 보게 되었다.

흰 바탕의 핑크빛 잔체크 남방에 청년들 스타일의 청바지를 입은 그는, 몇 발짝 앞에 무릎을 달싹 꿇고 앉아 그를 빤히 쳐다보는 고양이와 장난을 치고 있었다. 그가 며칠째 계속해 오던 소망원 뒤뜰 감나무 전지작업을 그날 끝냈다는 사실을 나는 알고 있었다. 그가 그곳 사무국장으로 퇴직한 후 몇 년째 그 시설에 남아 뜰 관리를 맡고 있다는 사실도.

그에 대해 슬쩍 물었을 때, 지인이 별다른 의심 없이 그가 처한 여러 상황들을 얘기해 주었기 때문이었다.

나는 독서실로 가서 녹차를 타 마시거나 그날 수업할 필독서를 체크하지 않고, 그가 서 있는 쪽으로 다가갔다.

집에 가스 불을 켜놓고 나온 것 같아요.

그를 향해 그렇게 어처구니없는 거짓말을 뱉어 내는 일은 생각보다 쉬웠다.

기다렸다는 듯 그가 내 집 주소를 내비에 찍고 출발한 그 순간, 우리는 이미 시작한 거였다.

03

광일 씨는 발가벗고 침대에 비스듬하게 누워 티브이를 보고 있다. 겨울이지만 내가 자기 몸을 만지는 걸 좋아하기 때문에 그는 늘 상의를 벗어 준다. 그는 오늘 고교동창 모임에서 일박 이일 낚시를 간다고 현자 씨에게 거짓말을 하고 내게로 곧장 왔다.

나는 포트에 물을 올려놓고 나서 사과 한 개랑 빨간 손잡이 과도를 그의 앞에 가져다 놓는다. 내가 결명자차를 타기 위해 서성이는 동안, 그는 사과를 깎는다. 사과가 절반쯤 깎였을 때 껍질이 끊어지려 하자, 그는 왼쪽으로 몸을 기울이며 입술을 앙다물고 더욱 신중하게 사과를 깎는다. 중간에 한 번도 끊기지 않은 긴 사과껍질이 그가 저렇듯 심혈을 기울여 칼질을 해야 하는 목표다.

그는 나보다 훨씬 더 사과를 잘 깎는다.

어질기 좋아하는 나와 잘 치우는 그의 성향이 반반 섞여 내 집은 항상 알맞게 깨끗하다. 밖에는 아직 햇귀가 남아 있지만, 진한 카키색 커튼을 쳐 놓은 내 방은 밤과 다를 바가 없다.

우리는 밥 먹는 시간을 제외하고는 주로 어두침침한 조도를 즐긴다. 음식을 먹은 뒤에도 환기가 끝나면 누군가는 반드시 커튼을 닫는다. 그게 어느 쪽이든 생의 시간이 훼손한 신체, 예를 들자면 무릎에 민망하게 접힌 주름이나 수분이 메말라 가는 허연 발등 어딘가에 두 사람의 시선이 동시에 박혀 민망한 상황이 되는 일을 미리 방지하는 차원이라고 우리는 둘 다 말하지 않는다. 단지 너무 밝아 휴식에 방해가 된다거나 밝음 때문에 눈이 피로하다는 간결한 변명을 달았다.

그럼에도 나는 혹시 어쩔지 몰라 늘 종아리를 덮는 롱스커트에 긴팔 티셔츠를 입는다. 언젠가 커튼을 치지 않아 새하얀 빛이 방으로 들어왔을 때, 스커트 사이로 창백한 내 다리가 드러났다. 얇아진 피부 속으로 입체감 없는 하늘색 핏줄이 훤히 비쳤는데, 그 빛깔이 너무 투명해 쓸

쓸할 정도였다.

우린 차츰 무너져 내리는, 서로의 왜소하고 마른 다리가 지녔을 특징들에 대하여 많은 것들을 짐작했기 때문에, 될 수 있으면 보이지 않으려고, 또 보지 않으려고 늘 조심했다. 특히 내가 그랬다.

이제 정말 아무것도 안 보인다니까.

우리가 제일 자주 쓰는 말이 그거였다.

광일 씨의 전화기가 딩동거린다.

딸애.

내가 그의 전화기에서 들리는 모든 소리에 민감하다는 걸 알고 있는 그가 말한다.

나는 애써 무심한 척하고 천장을 올려다보며 오늘 그가 내 곁에 머물 수 있는 시간을 계산해 본다. 나는 그를 만날 때마다 그와 함께 있는 시간보다 그를 집으로 돌려보낼 시간에 대해 더 집중한다.

그건 예전부터 내게 익숙한 일이다.

어릴 적 아버지가 오랜 시간 집을 떠나 있었다. 죽세품을 만들어 관방천변으로 나오던 가난한 상인들에게 국수 몇 그릇씩을 팔아 간신히 생활을 꾸리던 우리 집은, 농토가 하나도 없었다. 가난에 쫓겨 서독으로 돈을 벌러 간 아버지가 건설현장에서 개고생을 했다는 건 내가 성인이 되어서야 알았다.

아버지는 잘해야 일 년에 한 번쯤 집엘 다녀갔다. 흑인처럼 그을린 아버지가 집에 도착하여 된장찌개 한 뚝배기를 게 눈 감추듯 먹어 치우고, 목청을 돋우어 이국생활에 대한 무용담을 꺼내 놓던 순간이면, 나는 벌써 아버지가 떠날 날을 손가락으로 헤아리기 시작했다. 아버지가 없는 생활을 마음속으로 각오하고 준비했다. 아버지의 모습을 저축이라도 하듯 아버지 곁을 맴돌았다. 이끼 낀 담장을 벗어나 천천히 사라지던 담배 연기를 하염없이 바라보던 아버지의 모습을 언제든 꺼내 쓸 수 있을 거라고 생각했다.

아버지는 몇 년 후 귀국했고, 꽤 많은 농토의 지주가 되었지만, 우리 가족은 결코 행복하지 않았다. 국수를 말 육수를 내기 위해 밤마다 머리를 맞대고 앉아 멸치 똥을 발라내던 때랑 달랐다.

아버지는 날로 핼쑥해졌고 과하게 술을 마셨다. 공사장에서 다친 무릎 통증이 문제라기보다 말도 통하지 않는 이국에서 고된 노동에 시달리는 동안 병들어 버린 정신이 문제였다. 수년 동안 타이머가 부착된 기계처럼 눈을 뜨면 일만 했던 이국생활에 마음이 병들어 돌아온 거였다. 술을 마시면 눈에 광기가 돌기 시작하면서 집 안의 살림살이를 닥치는 대로 때려 부쉈다.

몹쓸 귀신이 붙어 돌아왔다. 어머니는 아버지를 두고 그렇게 말했다. 가난 때문에 내 어머니는 남편을, 나는 아버지를 잃어버렸던 것이다. 내 키가 너무 작아 초등학교 1학년 내내 자전거에 태워 학교 앞으로 데려다주던 아버지는 영원히 돌아오지 않았고, 껍데기만 그의 모습을 한 광인이 죽었을 때 나는 새삼스럽게 슬퍼할 이유가 없었다.

광일 씨가 집에 머무는 동안에는 그가 뭘 하든 나는 아무것도 하지 않는다. 오로지 그가 현자 씨에게로 가기 위해 벗어 둔 옷가지를 하나씩 천천히 입고서 돌아서게 될 순간에 대해서만 생각한다.

그는 자기 집에서 일어난 일들을 내게 비교적 상세하게 들려주는 편이다. 애완견 두 마리 중 한 놈이 소파로 올라가 오줌을 싼 이야기, 딸애가 취해 새벽녘에 남자애에게 업혀 들어온 이야기, 올해 백 살이면서 자신의 나이가 아흔아홉이라고 자꾸만 우긴다는 노모 이야기, 아내와 다투게 된 사소한 내막……

나는 그의 이야기들과 안정적이고 조용한 말투, 손바닥과 종아리 같은 곳에서 느껴지는 그의 체온 등을 조합하여 그가 내게 들려준 것 외에 그와 현자 씨 사이에 일어날 스킨십이나 대화 등을 상상한다. 나의 진정한 대상은 그가 아닌 현자 씨인 것 같기도 하다.

현자 씨는 내 골똘한 상상 속에서도 좀체 얼굴을 드러내지 않는다. 얼굴이 통통한 편이라는, 나보다 다섯 살이나 젊은, 아직 애 같은 표정이 남아 있을지도 모를 현자 씨는 늘 벽 쪽을 보고 누워 있다. 개와 함께 침대에서 잘 때도 항상 내게 등을 돌린 모습이다.

특히 광일 씨가 나랑 헤어져 집으로 돌아가 현관으로 들어서서 살그머니 방문을 열어보는데도, 숨소리조차 내지 않고 죽은 듯이 잠든 그녀는 내 머릿속에 오랫동안 머문다.

그녀의 갑작스런 죽음과 그녀가 사라진 이후, 광일 씨와 나 사이에 일어날 일들이 한없이 이어졌기 때문이다. 결국 그녀 옆을 지키던 개가 광일 씨를 향해 작게 으르렁거리며 침대에서 내려가고, 그녀가 광일 씨 쪽을 보고 돌아눕는 데서 상상이 끝난다. 이때 보일 법한 그녀의 얼굴은 광일 씨의 가슴팍에 찰싹 붙어 있어 여전히 볼 수 없다.

그들이 나란히 잠든 침대는 사십 년 가까이 된 부부가 누운 잠자리답게 언제나 안정적이고 평화롭다. 결혼하고 나서 중간에 한 번 바꿨다는 돌침대는 이 지구가 사라져도 영원히 그 자리를 지킬 것처럼 튼튼한 느낌이었다.

현자 씨도 이래?

강아지처럼 말랑말랑하고 따뜻한 광일 씨의 체온이 감동으로 다가올 때마다 나는 그를 살짝 꼬집으며 물었다.

내 딴엔 감정을 최대한으로 절제한 질문이었다.

그 사람은 그냥 아내일 뿐이야, 내겐 당신밖에 없어.

광일 씨는 그때마다 침착한 목소리로 그렇게 거짓말을 한다.

하지만 그는 아내인 그녀에게 가장 인정받고 싶어 하는 사람이란 걸 나는 잘 알고 있다. 그가 현자 씨에게 화가 나 있는 날은 그녀가 사소한 일로 그를 서운하게 만들어 놓고 미안하다는 말을 하지 않았거나, 그의 이해에 대하여 고맙다는 말을 하지 않은 경우였다. 그는 현자 씨가 어떤 상황에서도 미안하다거나 고맙다는 말을 하지 않는 사람이라고 얘기할 때, 흥분한 사람처럼 목소리가 커지며 자랑스러운 표정을 짓는다. 그런 걸로 보아 광일 씨는 어쩌면, 현자 씨의 그런 점을 좋아하는 것 같기도 하다.

광일 씨가 팔 년을 구애한 끝에 그녀와 결혼했다는 얘기가 생각날 때마다, 나는 현자 씨의 어디가 그렇게 좋았는지 묻지 않을 수 없다.

외모도 복스러웠지만 웃음소리가 아주 컸거든.

그는 내 물음에 오늘도 여전히 그렇게 대답한다.

웃음소리?

지금은 그걸 잃어버렸지만, 그땐 정말 파스처럼 시원했어.

그는 현자 씨와의 연애 시절을 회상하느라 작은 눈을 깜박깜박한다.

나는 이상하게도 현재 그와 그녀 사이에 벌어지는 어떤 일들보다 그가 아주 오래전 그녀를 사랑했던 일에 대해 더 질투를 느낀다.

다 지난 일일뿐이야.

그는 하나씩 천천히 내 옷을 벗기기 시작한다. 담요를 걷지 않은 채로 옷을 벗기느라 은근 애를 먹은 그가 가벼운 몸을 내 몸 위에 올려놓는다. 그는 민망해하는 나를 아랑곳하지 않고 한참 동안 관찰하듯 내 얼굴을 내려다본다. 그러다가 겨드랑이 쪽으로 흘러내린 내 젖가슴을 두 손으로 감싸 팽팽하게 만든 다음 애무하기 시작한다.

격렬할 것도 황홀할 것도 없는 몸부림은 그가 이제 집으로 돌아가야 할 시간이라는 신호일 뿐이다.

오늘은 좀 일찍 가 봐야 돼.

그가 말한다.

담요로 감싸면 표시조차 나지 않을 애처로운 몸으로 반듯하게 누운 그가, 이마에 솟은 땀을 훔치다가 갑자기 생각난 듯 어린 시절 형이랑 시장통 뻥튀기를 훔쳐 먹었던 이야기를 들려준다.

금방이라도 코를 골듯 피로감이 가득한 목소리로 짧게 이야기를 끝내고, 화장실에 다녀와 천천히 옷을 입는다.

벌써 가게?

벽시계를 쳐다보며 내가 묻는다.

딸애 때문에 요즘 좀 복잡해.

그가 오른쪽 양말을 신다가 전화기를 들고 반사적으로 싱크대 쪽으로 걸어간다. 그는 아내와 통화할 때는 가능한 한 나와 거리를 유지하려 애쓴다. 그러나 좁고 조용하기만 한 방은 현자 씨의 목소리를 오롯이 흡수하여 내 귀에 전달한다.

그들이 전화상으로 나누는 이야기를 누군가 들을 거라는 사실을 알 리 없는 현자 씨의 목소리가 점점 커진다.

어디야?

현자 씨가 묻는다.

그가 이제 집으로 들어가려던 참이라고 대답한다.

현자 씨가 느닷없이 옆에 여자라도 있는 거 아니냐고 그를 다그친다. 그런 점으로 보아 그는 전에도 현자 씨 몰래 어떤 여자랑 만나다가 들킨 사실이 있는지도 모른다.

그가 또 쓸데없는 소리를 한다며 현자 씨를 부드럽게 꾸짖는다.

그러니까 지금 어디냐고?

현자 씨의 목소리가 사나워진다.

이제 막 식사가 끝났다고 그가 대답한다.

말투가 왜 그래?

현자 씨가 화를 낸다.

그가 기영이는 좀 어때? 하고 딸 얘기로 화제를 돌린다.

현자 씨는 그의 질문을 무시한 채 다짜고짜 오는 길에 콩나물 국밥을 두 그릇 사가지고 들어오라고 명령한다.

광일 씨의 휴대폰에 '예쁜이'로 저장된 그녀는 상당히 오만하다. 광일 씨가 그녀에게 목을 매던 시절, 광일 씨에게 당신처럼 못생긴 사람은 처음 봤어요, 라고 말했다는 그녀.

　나는 아직도 자기가 남편의 예쁜이인 게 당연한 거라고 여기는 현자 씨의 어리석은 오만에 위안을 얻는다.

　미안.

　광일 씨는 방을 나가기 전 나를 꽉 안고서 그렇게 말한다.

　그러나 나는 이미 현자 씨로부터 위안을 받은 터라 그를 향해 환하게 웃는다.

04

센터 수업을 마치고 나는 네 시 삼십 분에 학원을 나선
다. 날이 스산한 게 일기예보대로 강추위가 시작될 낌새
다. 몸에 기운이 없어 그런지 춥지도 않다.

오늘은 유치부 사내아이가 일대일 수업을 펑크냈다.
수업시간이 닥쳐서야 아이 엄마가 전화를 걸어왔다.

아이가 독감에 걸려 오늘은 독서학원에 보낼 수 없을
것 같다고, 그녀는 정중한 목소리로 똑똑히 말했다. 그런
데도 통화를 끝낸 내 머릿속이 복잡해졌다. 혹시 선생님
을 젊은 사람으로 바꾸려는 건 아닌지, 다른 문제가 생겨
똑똑한 아이를 더 이상 못 보게 되는 건 아닌지, 하는 의심
이 사라지지 않았다.

아이를 위해 만들어 간 독서왕관을 매만지며, 나는 빈 공부방을 줄곧 서성거렸다. 그 빈 시간이 나를 몹시 지치게 만들었다.

핸들을 꼭 붙들고서 간신히 도착한 집에 환하게 불이 켜져 있다.

분명히 끄고 나간 거 같은데.

나는 머리를 콩콩 쥐어박으며 집을 나서기 전의 기억을 더듬어 본다.

어젯밤 광일 씨와 문자를 주고받고 나서 열한 시쯤 곧장 잠이 들어 다행히 아침까지 잘 잤다. 잘 잤는데 한숨도 못 잔 날처럼 오전 내내 머릿속이 어수선해 침대에서 나오지 못했다.

나가 봐야 할 시간이 꾸역꾸역 닥쳤고, 공황 상태로 집을 나서 엘리베이터 내림버튼을 눌렀다. 3층에서 올라오고 있던 엘리베이터가 맨 꼭대기 층인 23층까지 올라갔고, 어떻게 된 건지 거기서 꽤 오랫동안 머물다가 한참 후에야 9층에 도착했다.

엘리베이터 안에는 바지를 잘라 만든 반바지를 입은 젊은 여자가 시퍼런 다리를 드러낸 채 타고 있었고, 어떤 연유인지 모르지만 여자는 내게 휴대폰을 잊고 나온 사실을 일깨워 줬고, 나는 집으로 되돌아가 신발을 신은 채 무릎걸음으로 방바닥을 기어 침대 머리맡 충전기에 꽂힌 휴대폰을 뽑느라 좀 애를 먹었다. 기억은 거기까지였다.

휴대폰을 챙겨가지고 나올 때 전등 스위치를 껐는지, 켰는지 도무지 생각이 나질 않는다. 끈 거 같기도 하고, 그냥 나온 거 같기도 하고.

기억은 결국 눈이 올 거라는 일기예보가 떠올라 신발장 위에 올려 둔 우산을 챙겨가지고 집을 나선 데서 그쳤다. 내 키에 비해 너무 높은 신발장 위에 올려놓은 우산을 꺼내는 일은 그리 쉽지 않았다. 꽁지발을 디딘 상태로도 모자라 서너 차례나 껑충껑충 뜀질을 한 끝에야 간신히 우산꼭지가 손에 잡혔다.

그 와중이라면 실내의 조도에 무신경해질 가능성이 충분했다. 아니면 불을 끈다는 걸 반대로 켜 버렸거나.

나는 집을 나설 때의 기억을 되살리는 걸 포기한 채 화장실로 들어간다. 수돗물을 세게 틀고 손을 씻다가 반짝거리는 타일 바닥을 내려다본다. 화장실에서 나와 한동안 고개를 갸웃거리고 서 있다가 옷을 갈아입는다. 그러고도 방 안 여기저기를 살펴보고 나서 휴대폰으로 메일과 문자를 확인한다. 광일 씨의 문자는 없다. 나는 우두커니 앉아 있다가 냉장고 문을 연다.

야채들은 모두 시든 것들뿐이다. 심지어는 짓물러 죽처럼 녹아 버린 것도 있다. 뭐든 따끈한 것이 필요했지만, 포기하고 좌탁 한 귀퉁이에 간단한 밥상을 차린다.

싱크대 앞에 있는 붙박이 식탁을 물끄러미 바라보고 앉아서 나는 밥을 먹는다. 광일 씨가 집에 오는 날만 사용하는 식탁 밑에는 다리를 맞댄 의자 두 개가 다시는 쓰이지 않을 물건처럼 침묵하고 있다. 두 개의 의자 중 개수대 쪽을 마주하고 있는 건 음식을 먹을 때마다 얼굴이 적당히 상기되면서 땀을 송송 쏟아 내는 광일 씨의 자리다.

광일 씨는 축하할 일이 없는 날에도 이따금씩 케이크를 사 들고 왔다.

그때마다 나는 맥주를 꺼내 놓고 케이크에 촛불을 켰다.

몇 개를 켜지?

초를 꺼내 들고 물으면 광일 씨는 매번 알아서 해. 라고 대답했다.

알아서 해. 광일 씨가 즐겨 쓰는 그 말은, 그가 다시는 집에 올 이유가 없어져 버릴 순간을 머릿속에 각인시켜 나를 초조하게 만들었다. 나는 그때마다 내 안에서 일어나는 복잡한 감정들을 추스르느라 꽤 많은 양의 맥주를 마시곤 했다.

나는 천천히 밥알을 씹다가 습관처럼 노트북을 끌어당겨 놓고 전원 스위치를 살짝 민다. 오래 써서 부팅이 느려진 노트북이 켜지길 기다리는 동안 무심코 행거 쪽을 쳐다보다가, 신경질적으로 몇 번이고 전원 스위치를 민다. 끝내 불이 들어오지 않는다.

나는 몸을 일으켜 혹시 전선 코드가 빠졌는지 확인한다. 어찌된 일인지 콘센트 전원이 모두 꺼져 있다. 그제야 행거에 걸린 옷가지들이 너무 가지런하다고 느낀다. 발코니에 둔 재떨이는 과일을 담아 먹어도 될 만큼 깨끗하다. 내가 재떨이를 씻어 놓고 나갔던가? 순식간에 해치운 일이라서 기억이 나지 않는 건지도 모른다.

그러나 나는 재떨이를 반짝거릴 정도로 깨끗이 닦는 성격이 아니고, 컴퓨터 전원을 꺼 놓고 외출할 일은 더욱 없다. 나에겐 차단 공포증 같은 게 있다. 어떤 종류가 됐건, 한 번 끊겨 버린 것은 다시 연결이 불가능할 거라는 강박 때문에 집 안에 있는 모든 코드는 뽑지 않고 사용했다. 침대 위에 있는 에어컨 코드는 에어컨을 들인 후, 십 년도 넘게 뽑은 적이 없어 전선이 마치 낡은 가죽처럼 더러워졌다. 밥이 없는 전기밥솥에도 늘 붉은색 글자들이 들어와 있었다.

외출할 땐 가급적이면 이런 걸 다 꺼 놓고 다니는 게 좋아.

언젠가 광일 씨가 책상 밑으로 몸을 밀어 넣어 컴퓨터 전원 코드를 뽑아 버렸다.

도대체 그걸 왜 만지고 그래?

발끈 화를 냈던 나를 이해할 수 없다는 듯 멍 때리고 섰던 그를 무시하고 전원을 켜 놓으려다 간신히 참았던 나다.

나가면서 자료를 챙기느라 책상 의자를 건드렸을 수도 있겠네, 그때 공교롭게도 스위치가 눌렸겠지. 이런 식으로!

나는 의자의 다리를 스위치 위에 올려놓아 본다.

동글동글한 의자 다리가 자꾸 스위치를 벗어나 미끄러진다.

오늘은 광일 씨가 올 수 없는 날이 분명한데 누가 다녀갔을까?

나는 자리에서 일어나 사용하지도 않는 정수기 쪽으로

걸어가 고요하기만 한 물체를 여기저기 살펴본다.

그게, 광일 씨를 만나기 직전이니까 이 년도 훨씬 넘은 이야기가 될 것이다. 나는 그 무렵 정수기를 관리해 주던 젊은 남자에게 집 비밀번호를 흘렸던 적이 있다. 내가 집에 없던 시간에 그가 도착했고, 나는 서슴없이 그에게 자동키 비밀번호를 알려 주었다. 그는 내게 이름을 가르쳐 준 적이 없지만, 나는 아직도 그의 이름을 정확히 기억하고 있다.

가방에서 회사제품 홍보책자를 꺼내 내 앞에 좍 펼쳐 놓던 남자는 회색 유니폼에 '상담코디 전수길'이란 명찰을 달고 있었다.

공기청정기나 비데 같은 것도 건강과 직접적인 연관이 있죠.

전수길은 상품을 설명하는 내내 나를 중병 환자 취급하며 건강과 관련된 습도, 공기, 위생 같은 단어들을 강조했다.

그 아니고도 많은 사람들이 나를 아픈 사람 취급하곤 했다. 말짱하다고 말해도 믿지 않는 눈치였다.

나는 그가 식탁 위에 펼쳐 놓은 책자에 실린 제품 사진들을 건성으로 훑었다. 지나치게 부풀려 놓은 광고 내용을 읽지 않았다. 나는 오래전부터 모든 인간을 신뢰하지 않는 사람이니까. 어떤 글귀도, 말도 믿지 않았다.

내가 환자라는 전제하에 전수길의 제품 설명이 계속되었다. 그는 설명 중에도 정수기의 전선코드 같은 걸 꼼꼼히 확인했고, 깨끗한 물받이를 다시 한 번 닦았다. 성실한 사람인 것 같았다.

방금 필터를 교환한 정수기에서 회전하는 물소리가 방 안에 가득 고였다.

이걸 사면 당신은 내게 뭘 해 줄 건데요?

나는 전수길의 얼굴을 빤히 쳐다보며 물었다.

네?

날 한 번 안아 줄래요?

예상했던 대로 그는 황당한 표정을 지었다.

그는 그때 아내와 딸 등 가족들을 떠올렸거나 가방을 싸들고 서둘러 밖으로 뛰쳐나가고 싶다는 생각을 했던 것 같다.

난 머지않아 죽을 거예요.

당황한 빛이 역력한 그의 얼굴을 빤히 바라보며 나는 혼잣말처럼 중얼거렸다.

어디가 많이 아프세요?

그가 물었다.

공기청정기 가입비를 무료로 해 드릴 수는 있어요.

펼쳐 놓은 청약서를 물끄러미 내려다보고 있던 그가 그렇게 말했다.

나는 그가 손가락으로 짚어 주는 여섯 군데에 모두 서명을 마쳤다.

미안해요.

공기청정기 렌탈 청약서를 작성하고 나서 서둘러 가방을 챙기는 그에게 나는 내 충동적인 미친 짓을 진심으로 사과했다.

괜찮아요.

그는 서둘러 돌아갔다.

나이가 들수록 생활에 낮과 밤의 구분이 없어졌고, 주로 혼자 있는 시간에 몸과 마음이 풍선처럼 팽창하곤 했는데, 그날 나는 얼굴 전체에 주근깨가 있는 왜소한 정수기 관리인에게 난데없는 애틋함을 느꼈다.

사람 중에는 어딘가 모르게 약해 보이는 사람과 강해 보이는 사람이 있다. 나이가 드니 이상하게도 약해 보이는 사람에 대한 전에 없던 애착이 생겼다. 만약 그가 그날 내 충동적인 제안을 허락했다면, 나는 그에게 내가 가진 모든 걸 바쳤을지도 모른다.

전수길은 그 이후로도 정확히 두 달 간격으로 방문하여 내가 마시는 물을 관리해 주었다. 가끔 초등학생인 자기 딸 이야기를 들려주기도 했고, 업무와 상관없는 얘기들을 꺼내 놓기도 했다. 몸에 좋은 생활습관이나 식품들을 소개할 때는 항상 '저희 어머니도' 라는 말을 덧붙였다. 내 집의 구조상 옷장과 서랍장의 위치를 바꾸면 방이 훨씬 넓어 보일 거 같다고 예의 바르게 충고할 때도 있었다.

언제부턴가 뚱뚱한 여자가 정수기 청소를 해 주러 왔다. 전임자는 다른 곳으로 갔다고 그녀가 말해 주었다. 나는 그가 어디로 갔는지 물었는데, 거기까진 잘 모르겠다고 그녀는 무심하게 대답했다.

그 후로 나는 정수기 관리를 끊고 생수를 사다 먹었다. 아직껏 덩그러니 자리를 차지하고 있는 물체는 상식적이지 못한 나의 광기를 전혀 이해하지 못했던 그를 가끔씩 생각나게 했다. 터무니없게도 내가 없는 사이 혹시 그가 다녀간 건 아닌가, 하는 망상에 사로잡힌 적도 몇 번 있었다. 오늘처럼.

05

광일 씨에게는 오늘 중요한 일이 있다. 딸을 임신시킨 남자애의 부모님을 만날 거라고 했다. 저녁 여섯 시 약속이라고 했으니 지금쯤 광일 씨와 현자 씨는 나갈 채비를 하고 있을 것이다.

콩나물 국밥 좀 사가지고 오면 안 돼?

보름 전 나랑 나란히 누워 딸의 문자를 확인한 광일 씨는 벌떡 일어나 앉더니 가슴을 탕탕 쳤다. 다급히 면봉을 찾는 그에게 나는 영문 모른 채 면봉 두 개비를 꺼내다 주었다.

그는 진저리를 치며 귓속을 세게 후볐다.

아빠, 언제 와요?

매워야 돼요.

광일 씨는 딸의 문자가 연달아 들어오는 휴대폰을 팽개치고 넋이 나간 사람처럼 앉아 있더니 불쑥 말문을 열어놓았다. 그에게 저런 면이 있었나, 싶을 정도로 강퍅하게 구는 게 낯이 설 정도였다.

대형사고야.

무슨 일인데?

딸애가 임신을 했어.

그는 사실은 이틀 전에도 국밥을 사 가지고 들어갔다면서 딸 애기를 꺼내 놓았다.

그러니까 그 전전날도 광일 씨는 국밥집 아주머니에게서 포장한 국밥을 건네받으며 확실히 매운 건지 확인했다.

맵냐?

국밥을 먹는 딸을 찬찬히 지켜보던 광일 씨가 물었다.

딸은 이마로 흘러내린 머리카락을 쓸어 넘기며 고개를 끄덕였다. 그 전날은 광일 씨가 식사하는 걸 딸이 지켜보

앉다. 전날과 반대로 딸이 거실 쪽을 바라보고 앉았고, 광일 씨가 싱크대 쪽을 보고 앉아서 유통기간이 지난 라면을 먹었다. 딸은 그가 식사를 하는 동안, 식탁에 앉아 손톱을 만지작거리며 두서없는 수다를 열심히 늘어놓았다. 광일 씨는 아귀처럼 면발을 씹으며 딸의 말에 건성으로 대꾸해 주었다.

딸의 말은 '그럼 못써'라고 대꾸해야 할 것들이 대부분 이었다.

아빠, 나 임신했어.

광일 씨가 식사를 막 끝냈을 때 딸이 말했다.

벼락을 맞은 것 같았다. 딸의 당돌한 자백에 광일 씨는 할 말을 잃어버렸고, 자신도 모르게 딸의 뺨을 후려쳤다.

딸은 눈물 한 방울 흘리지 않았고, 흐트러진 머리카락 을 간추리지도 않았다. 귀신처럼 비장한 표정을 짓고 꼿 꼿이 앉아 광일 씨의 지천을 견뎠다.

다음 날 딸은 광일 씨에게 매운 콩나물 국밥을 사다 달 라고 주문했다. 평소에 피자나 떡볶이를 주문하듯 당당하 고 천연덕스럽게 입덧으로 인해 당기는 음식들을 헤아렸 다. 그중에서도 매운 콩나물 국밥이 제일 당긴다고 말했 다.

국밥을 사다 안기자, 딸은 안간힘을 쓰며 매운 국물을 떠먹었다. 딸을 지켜보며 그는 사람이 꾸역꾸역 밥을 먹는 모습이 원래 저렇듯 안쓰러운 거였던가, 하는 생각을 했다.

광일 씨는 딸에 대해서 아는 것이 많지 않았다. 어찌된 일인지 딸이 고등학교에 입학할 무렵 이후로는 마치 멀리 떨어져 안 보고 지냈던 것처럼 딸에 대해 기억나는 일이 없었다.

광일 씨네 가족은 종종 외식도 했고, 휴가철이면 제주도나 동해안, 지리산 같은 곳으로 피서를 다녀오기도 했다. 그때마다 딸도 분명 함께였을 것이다. 그런데도 딱히 딸과 연관되어 떠오르는 일들이 없는 건 이상했다.

딸은 젓가락으로 열심히 콩나물을 건져 먹더니 후후, 입 바람을 불며 광일 씨를 물끄러미 바라보았다.

속은 괜찮은 거냐?

딸은 고개를 끄덕거리며 아삭아삭 소리를 내 콩나물을 씹었다.

광일 씨를 바라보는 딸의 태도는 어딘지 불손했다. 그를 바라보는 딸의 눈빛은 늘 아버지인 그에게 기대하는 게 아무것도 없다는 듯 비어 있었다. 그는 딸이 자신을 어떤 인간으로 생각하고 있는지 잘 몰랐다. 그 때문에 딸과 시선이 마주칠 때마다 조금은 두려웠다.

컵에 물을 따라 앞으로 밀어주자, 딸은 냉큼 물을 한 모금 들이켰다.

광일 씨는 슬그머니 일어나 화장실로 들어갔다. 시설 아이들에게 매번 강조하는 인사예절에 관한 얘기라도 좀 해 줘 볼까, 하는 새삼스러운 고민을 했다. 그는 밖에서 다른 사람들에게 곧잘 하는 얘기를 딸에게는 한 번도 하지 않았다.

거울을 보며 말하는 연습을 해 보았지만, 그는 끝내 딸에게 해 줄만 한 얘기를 생각해 내지 못했다.

아빠, 기분 좋은 일 있나 봐요?

괜히 콧노래를 흥얼대며 화장실에서 나오자 딸이 물었다.

딸은 무심한 눈빛과 오뚝한 콧날에 약간 뒤집힌 두툼한 윗입술을 가졌다. 어딘지 줏대 있어 보이고 헤프지 않을 생김새였다. 썩 아름다운 이십 대라고는 할 수 없는 외모였다. 아기 때부터 아무도 예쁘다는 말을 해 주지 않던 딸이어서 광일 씨는 딸이 더 애틋했다.

강간하듯 덮쳤을까, 아니면 딸이 적극적으로 나섰을

까? 저 내밀하고 단단한 가슴과 두꺼운 입술을 녀석은 어떤 방법으로 허락받았을까?

그 녀석은 집으로 불려 왔을 때, 고개도 제대로 못 들고 얼간이처럼 주억거리면서 죄송하다고 말했다. 일단 부모님께 사실을 알려 책임지겠다며 용서를 빌었다. 귀퉁배기라도 날려 주고 싶었다. 하지만 딸과 동갑내기인 녀석은 벌어진 상황에서 할 수 있는 최선의 대답을 했으므로 광일 씨는 속에서 끓어오르는 분풀이를 할 방법이 없었다.

군대도 다녀왔다고 하고, 부모님도 계신다고 하고, 형도 있다고 하고. 무엇보다 녀석은 무릎을 달싹 꿇고 앉아 그 상황에 어울리는 진지한 표정을 지으려고 사뭇 애를 썼다.

그러다가도 딸과 눈이 마주치면 햇볕을 받은 강물처럼 눈빛을 반짝였다. 딸을 사랑하는 게 분명했다.

영재요, 이영재.

광일 씨가 물었을 때서야 미적미적 제 이름을 말한 실수를 빼고는, 비교적 예의 바른 녀석 앞에서 광일 씨는 울화가 치미는 걸 간신히 견뎠다.

스물여섯 살. 그가 사십이 훌쩍 넘어 얻은 딸이, 천지분간 못 하고 당당하기만 할 나이에 기가 죽어 저쪽 부모님의 처분만 기다리고 있는 걸 지켜보는 건, 일상이 흔히 안기는 언짢은 일들을 감수하는 것보다 훨씬 더 고통스러웠다.

수시로 녀석과 딸이 엉켜 있는 모습이 머릿속으로 떠올라 불쾌했다.

좀 더 먹지.

먹다 보니 너무 매워서요.

딸은 국밥을 채 반도 못 먹고 화장실로 뛰어 들어가더니 안간힘으로 먹은 음식물을 토해 냈다.

광일 씨는 딸이 남긴 국밥을 한 숟가락 떠먹어 보았다. 밥알이 퍼져 콩나물 비빔밥처럼 된 국밥은 맛은 없고 비린내만 심했다.

왜 좋은 음식도 많은데 하필 콩나물 국밥이 당기는 걸까? 뭔지 모르게 분하다니까.

그날도 여전히 웃통을 벗고 있던 광일 씨는 길게 한숨을 내쉬며 그렇게 중얼거렸다.

광일 씨가 기억할지 모르지만 별미집 콩나물 국밥은 내게도 특별한 것이다.

하계 방학이 끝나고 첫 스터디모임이 열렸던 날이었다. 스터디의 멘토인 윤 교수는 무더위를 난 사람답지 않게 에너지가 넘쳐 보였다.

예전에 고등학교에서 수학을 가르쳤고, 얼마 전 두 번째 시집을 냈다는 신입회원이 자기 소개를 마치자, 윤 교수가 탈퇴한 회원의 근황을 전했다. 그리고 곧이어 여름휴가 때 유럽 여행을 다녀왔다는 회원이, 전원에게 만다라 같은 추상적인 문양이 들어간 천 가방을 하나씩 돌렸다.

윤 교수는 회원들에게 단체 박수를 유도했다. 그녀의 제스처에 따라 나도 의미 없는 박수를 힘껏 쳤다.

회원들에게는 돌아가면서 축하를 받을 일들이 일어났다. 칠십이 넘은 나이에 좋은 일들이 일어나는 사실이 내게는 신기하기만 했다. 또 그런 일들이 왜 좋은 일인지 의문이었다.

그들이 좋은 일이라고 말하는 일들 중 유일하게 공통적인 것이 자녀들의 결혼이나 결혼한 자녀에게서 아기가 태어나는 것이었다. 그때마다 주인공들은 거한 밥을 사거나 선물을 돌렸다. 나에게만은 그런 일들이 일어날 리 없었기 때문이었을까? 그들이 그런 일들을 좋은 일이라고 여기는 걸 이해하기 어려웠다.

밴드에 스터디 날짜가 공지된 날부터 나는 고민했다. 거길 계속 나가야 하는 건지, 말아야 하는 건지.

스터디에 참여하는 회원은 모두 칠십이 넘은 여자들이었다. 그들 대부분은 남편이 있었다. 남편이 어느 위치에 있으며, 또한 있었으며, 무슨 일을 하는 사람인지를 의식하여 상대를 대하는 세태는, 인문학을 주로 읽는 모임인 그곳이 오히려 더 심했다.

그러나 나는 공지된 스터디 시간을 한 시간 남겨 놓고서 부랴부랴 머리를 매만지고 집을 나서고 말았다. 사람을 만날 일이 점점 줄어드는 실정이어서 어떤 방법으로든 남아도는 시간을 메워야 했다. 어디든 참여하고 싶은 마음이 간절했다는 얘기다. 일주일에 겨우 두 타임 일을 주는 젊은 학원장은 깍듯하게 예의를 지켜 나와 거리를 두었다.

경제적인 문제야 뭐, 보험회사에 오랫동안 다녔던 친구 덕분에 넣어 둔 연금도 있고, 부모님에게서 저절로 상속된 땅도 조금 있고, 약간의 예금도 있어서 먹고사는 건 걱정이 없지만 내겐 시간이 너무 많았다. 여기저기 신청한 재능 기부도 마음대로 차례가 오지 않았다. 내가 젊은 날 하지 않았던 걸 요즘 사람들은 많이들 하고 있었다. 젊은 사람들이 노리는 봉사가 많았다.

어느 순간 나는 아이들에게 뭘 가르치고 있는 게 아니라 그들의 비위를 맞추고 있다는 생각이 들었지만, 아이들을 놓아주지 못하고 있었다.

모임은 발제 범위와 발제자 순서를 정하고 나서 곧 뒤풀이로 이어졌다. 이차로 간 찻집에서 나온 건 열 시 조금 넘은 시각이었다. 회원들이 모두 돌아간 뒤, 나는 내던져지듯 길에 남아 택시를 기다리고 서 있었다. 무심코 편의점 앞으로 시선을 두게 된 나는 극도로 피로해진 눈을 동그랗게 뜨지 않을 수 없었다. 방금 회원이 아들을 불러 차에 올라타고 떠난 자리에 광일 씨가 서 있었던 것이다.

국장님이 여기 웬일이세요?

소망원 사람들이 모두 그를 그렇게 불렀기 때문에 나도 그에게 그런 호칭을 썼다.

근처에서 누굴 좀 만났어요.

전 오늘 스터디 모임이 있었어요.

술을 하셨나 봐요?

조금요. 국장님, 여기서 이렇게 만나니까 꼭 절 마중 나온 분 같아요.

광일 씨는 서둘러 택시를 잡았다.

엉겁결에 택시에 오른 나는 밖으로 고개를 내밀고 그를 향해 손을 흔들어 주었다. 정말이지, 난데없이 만나 택시를 잡아 준 그가 반갑고 고마웠다.

광일 씨는 곧장 편의점 옆 골목으로 모습을 감추었다. 아는 사람을 우연히 길에서 만난 건 참으로 오랜만이었다.

그날 밤, 집에 돌아와 탁자 위에 놓인 면봉을 보고서 나는 집을 비운 사이 누군가 다녀갔다는 걸 확실히 깨달았다. 좌탁 위에 가지런히 놓인 책들과 행거에 반듯하게 걸린 옷가지들, 개수대 옆에 엎어진 찻잔을 살핀 뒤 나는 귀신처럼 우두커니 서 있었다.

스터디 시작하기 삼십 분 전까지 쿠션을 뭉개고 뒹굴다가 부랴부랴 머리만 감고 집을 나선 내 기억은 거의 확실한 거였다. 바삐 서두르느라 갈아입은 속옷을 화장실 대야에 휙 던져 놓았었다. 그런데 발코니에 빨래가 널려 있다. 그것도 아주 가지런히.

면티는 접히지 않게 옷걸이에 널려 있고, 타월들은 한 장 한 장 낱낱이 집게에 꽂혀 있었다. 무엇보다 침대가 말끔했다. 반듯하게 놓인 쿠션을 정확히 반만 가린 담요가 완벽한 사각 형태를 갖춘 상태였다. 뭐든 적당히 삐딱한

게 자연스럽다고 여기는 내가 큰맘 먹고 대청소를 한다 쳐도 그런 연출은 불가능한 것이었다.

내가 없는 사이 집에 들러 나를 위해 그런 호의를 베풀 만한 핏줄도 내게는 없었다. 어머니도 하나뿐인 형제였던 언니도 모두 오래전부터 이 세상에 없었다.

나는 심한 갈증을 느끼고 냉장고 문을 열었다. 생수가 다 떨어지고 없었다. 하는 수없이 밖으로 생수를 사러 나갔다. 정수기 관리를 끊고 생수를 사다 먹기로 한 게 후회가 됐다. 누군가 집에 다녀간 게 확실하다고 느꼈지만, 나는 이상하게도 담담했다. 심지어 나중에는 마음이 설렜다. 인간에게 일어나는 일들은 어쩌면 대부분이 스스로가 원해서 생기는 걸 테니까.

방사선의 범람, 사망자가 잇따르는 신종 질병, 이곳저곳에서 발생하는 노인을 대상으로 하는 여러 범죄들보다 내게 더 두려운 건 내 심리적 공황 상태였다. 나는 여러 곡류와 생선들의 원산지를 따지지 않았다. 창밖 거리는 황사나 미세먼지로 복면을 한 사람들이 가득했지만, 나는 마스크 한 장 가지고 있지 않았다. 그 무렵 나는 부쩍 자연인들이 등장하는 프로를 즐겨보았고, 두려움 없이 세상에서 한 걸음씩 멀어질 방법에 대해 신중하게 고민하기 시작했다.

언젠가는 〈나는 자연인이다〉를 보다가 문득 배낭을 챙긴 적도 있었다.

편의점에 도착했을 때는 갈증 현상이 극도에 달했다. 점원이 바코드를 찍는 동안 생수 반병을 들이켰다. 갈증이 사라지자, 온몸에 소름이 쫙 올라왔다.

누굴까?

도둑이 아닌 건 확실했다. 내 화장대 서랍에는 오래된 금붙이들이 꽤 여러 종류 들어 있고, 급히 돈 쓸 일을 대비해 화장대 위에 올려놓은 현금이 모두 그대로 있었다.

신발장 서랍을 열어 보니 오래전 헤어진 사람이 놓고 간 열쇠가 얌전히 들어 있었다. 술에 취한 그 사람이 찾아온 적이 있긴 했다. 그중 두 번은 집에 들어와 손님처럼 어색하게 앉아 물을 얻어 마시고 돌아갔고, 몇 번은 내가 미친 여자처럼 악을 쓰자 질겁하여 그냥 돌아갔다.

그 후로도 가끔씩 누군가 벨을 눌렀지만 내 집에는 딱히 찾아올 사람이 없어 대꾸조차 하지 않았다. 무엇보다 그가 떠난 후 곧장 자물쇠를 자동키로 바꿨다.

도대체 누굴까?

새벽 한 시. 나는 편의점을 나와 한적한 아파트 정문을 벗어나 술집들이 모인 골목으로 들어섰다.

거리에 행인은 거의 없었다. 돼지 목살 같은 걸 파는 실내포장마차를 지날 때는 통유리 너머에서 취한 사람들이 나를 물끄러미 바라보았다. 나처럼 나이 든 여자가 한 명도 없는 새벽 거리를 나는 터덜터덜 걸었다. 술에 취해 집에서 몇 번 자고 갔던 동창이 생각났다. 엊그제도 언제 밥이나 한 번 먹자고 문자를 보내왔던 추레한 그의 존재가 절실해지는 순간이었다.

경찰서로 전화를 걸어 신고를 해야 하나? 잃어버린 물건도 없고, 집을 비운 사이 누군가 집 안에 들어와 빨래랑 청소, 설거지 같은 걸 해 놓고 갔다고 하면 아마도 미친 여자 취급을 받겠지.

생각이 깊어지자, 내 집 번호를 알만 한 사람들의 얼굴이 한꺼번에 스쳤다. 휴대폰을 만지작거리던 나는 결국 동창에게 전화를 걸었다. 언제든 연락만 하면 달려오겠다던 그는 전화를 받지 않았다.

앞에서 딱 동창만 한 키에 청바지를 입은 남자가 걸어왔다. 눈이 마주치자, 남자가 먼저 고개를 돌렸다. 남자가 지나간 뒤, 노점 거리에 있는 열쇠 집 주인처럼 키가 껑충 큰 남자가 내 옆을 쓱 지나갔다.

남자가 지나치고 나서 뒤를 돌아보았다.

국장님?

키 큰 남자가 지나간 자리에 광일 씨가 서 있었다.

광일 씨가 약간 당황스러워하는 건 느낌으로 알 수 있었다. 나는 집을 나와 아파트 정문을 벗어나 가로등 밑을 지날 때부터 누군가 나를 지켜보고 있는 듯한 느낌이 착각이 아니었을지도 모른다는 기대감에 사로잡혔다.

집에 마실 물이 떨어져서요.

나는 생수병이 든 봉지를 높이 들어올렸다.

물 같은 건 미리 사 둬야죠.

제가 좀 준비성이 없어요. 하하.

나는 큰 소리로 웃었다.

나이가 드니 쓸데없이 웃음소리만 커질 때가 많았다.

아파트 입구에 이르러 광일 씨는 손을 흔들며 큰길로 이어지는 샛길 쪽으로 성큼성큼 걸어갔다. 밤에 광일 씨를 본 건 그날 밤이 처음이었고, 깡마른 그의 뒷모습이 지나치게 낯익다고 느낀 건 내가 아파트 정문 입구로 들어서서 갑자기 뒤를 돌아보았을 때였다.

가로등 불빛이 주변을 환히 떠돌았던 탓에 더욱 어두침침해 보이던 가로수 밑을 광일 씨는 천천히 걸어갔다. 가녀리다는 표현밖에 딱히 떠오르던 말이 없던 그의 뒷모습은 지인의 소개로 우리가 처음 만나 인사를 나누기 전, 어디선가, 그것도 아주 까마득한 옛날부터 알고 지낸 사람처럼 친숙했다. 아마도 소망원 뒤뜰에서 담배를 피우고 있는 광일 씨에게 다가가 집에 가스 불을 켜 두고 나온 것 같다고 쉬이 거짓말을 할 수 있었던 것도 그 때문이었을 것이다.

그 다음 날 눈을 떠 습관처럼 열어 본 휴대폰에 '최광일 국장님'이 한 시간 전에 보낸 문자가 찍혀 있었다. 마치 꿈이나 전생의 일처럼.

문 앞에 해장국 걸어 두었어요. 어머니가 드실 국을 사러 나온 길에 문득 장영희 선생 생각이 나서요.

나는 침대에서 빠져나와 밖을 내다보았다. 문손잡이에 정말 비닐봉지 하나가 매달려 있었고, 나는 마치 배달시킨 음식을 받아들이듯 봉지를 가지고 안으로 들어왔다.

밥과 숙성이 덜 된 깍두기, 초록이 진한 데친 열무무침, 흐물흐물하고 허연 새우젓, 그리고 미지근해진 콩나물국이 일회용 용기에 각각 포장된 국밥이었다.

나는 그것들을 좌탁 위에 꺼내놓고 천천히 국물을 떠

먹었다. 맵고, 달고, 싱겁고, 닝닝한 음식들이었다. 그 모든 미각은 꿈이 아닌 현실이었다.

나는 국밥을 먹는 동안 광일 씨에게 보낼 문자를 두 번이나 썼다가 지웠다. 예전에 먼발치에서 딱 한 번 본 적 있는 현자 씨를 의식했기 때문이었다. 그들은 소망원 뜰 사과나무 아래 있는 벤치에 나란히 앉아 있었다. 강렬한 가을볕이 부부의 머리 위로 마구 쏟아져 내리자 광일 씨가 차로 뛰어갔다. 그는 트렁크 안에서 파라솔을 꺼내다가 쫙 펴서 아내의 손에 쥐어 주었다. 한참 후 현자 씨가 벤치에서 일어나자, 광일 씨가 천천히 그녀의 뒤를 따라 걸었다. 차 앞에 이르러 광일 씨는 조수석 문을 열어놓고, 아내의 손에서 파라솔을 받아 접더니 트렁크 안에 넣고 재빨리 차 안으로 올라갔다. 주차장을 빠져나가는 차 유리 너머로 의자를 비스듬하게 젖히고 앉은 현자 씨의 옆모습이 살짝 보였다.

그녀의 짧은 파마머리가 눈앞으로 떠올랐지만, 나는 꾹꾹 눌러 쓴 문자를 광일 씨에게 전송하고 말았다.

덕분에 속이 확 풀렸어요.

그게, 콩나물 국밥 때문에 재작년 여름에 내가 광일 씨에게 보낸 첫 문자였다.

06

광일 씨의 문자가 도착한다. 현자 씨는 미장원에 갔고, 자신은 어머니 저녁을 차려 드리려던 참이라는, 평소보다 짧은 문자를 나는 다섯 번이나 읽는다.

당신 침대에 가서 누워 쉬고 싶다.

그렇게 끝난 문자다.

내 상상력은 날개를 단다.

효자인 그는 현자 씨가 미장원에 간 사이 노모의 저녁을 차린다. 가스레인지에 국을 올리고 김과 고등어를 굽는다. 익숙한 솜씨로 정갈하게 식탁을 차린 그는 노모와 마주 앉아 어머니가 식사하는 걸 묵묵히 지켜본다. 치매는 아니지만 나이가 많아 아기가 되어 버렸다는 어머니에게, 그는 오늘 저녁 현자 씨와 함께 외출해야 하는 이유에 대하여 차근차근 설명한다. 내 옆에 누워 그의 집에서 일어나는 사소한 일들을 얘기할 때처럼 부드럽고 친절한 목소리다.

그의 얘기를 잠자코 듣고 있던 노모가 그의 얼굴 가까이에 대고 뭐라고 속삭인다. 그냥 모르는 척 가만계세요. 그의 목소리가 갑자기 단호해지자 노모가 입을 꾹 다문다.

광일 씨가 딸에게 일어난 일을 해결하기 위해 현자 씨와 단단히 결속을 다지는 동안, 나는 많은 상상과 외로움을 의무처럼 감당하며 무너지고 추스르기를 여러 차례 반복한다. 그가 딸을 임신시킨 남자애의 부모를 만났을 시간에도 내 신경은 온통 전화기로 몰려 있다.

나는 전화기의 벨을 무음으로 설정한다. 그런 후에도 고약한 기분이 지속되지만 광일 씨랑 무관한 다른 계획을 세우지 않는다.

그는 내가 죽는 순간을 지켜봐야 할 사람이고, 내가 죽은 후 내가 쓰던 고가구들과 이 집을 포함한, 누군가 죽었을 때 행해지는 모든 절차를 처리해 줘야 할 사람이기 때문이다.

이 순간이 지나면 나는 이 고약한 기분들을 곧 잊을 것이다.

일주일 만에 광일 씨가 집에 왔다. 그는 지쳐 보인다.

나는 시선을 그의 청바지에 걸려 있는 두툼한 가죽벨트로 두고 엉거주춤 서서 그를 맞는다.

역시 내게 무심했던 그에 대한 며칠 동안의 원망이 무의미해지고 만다.

수염도 안 깎고.

다가와 나를 살그머니 안는 그의 얼굴을 올려다보며 나는 말한다.

그동안의 내 기다림을 백 번도 더 이해한다는 듯 말없이 나를 바라보는 그의 눈자위가 살짝 붉어진다.

우리는 된장찌개를 끓여 방풍나물장아찌에 이른 저녁을 먹고 침대에 나란히 누워 사과를 먹는다.

옛날에는 꽃길 가꾸기 같은 거 하고 그랬는데.

그가 밑도 끝도 없이 새삼스런 얘기를 꺼내 놓는다.

의미 없이 그냥 틀어놓은 티브이에도 꽃길은커녕 풀한 포기 없는 메마른 빌딩이 비치고 있는데, 그는 옛날 꽃길 가꾸기에 대한 회상을 어디서 가져왔는지 알 수 없다.

맞어, 코스모스길.

그니까.

나야 시골에서 자랐으니까 당연히 그런 거 했지. 근데 당신은 도시에서 자랐잖아.

나는 그의 빈약한 귓불을 엄지와 검지로 꽉꽉 누르며 하루아침에 벌거숭이가 될 뻔했던 우리 집 뒤뜰에 있던 대숲을 떠올린다.

지금은 명소가 된 국숫집들의 원조였던 어머니 생각을 지우려 애를 써 보지만 소용이 없다.

그땐 금당산 입구도 다 논밭이었어. 거기도 시골이었다고. 들판에는 소도 매어 놓았고, 개울도 흐르고 그랬어. 개울가에는 찔레나무가 엄청 많았는데.

광일 씨는 마냥 신이 나서 내 우울해진 감정을 알아채지 못한다.

찔레나무? 여기 좀 만져 봐.

찔레나무란 말에 나는 그의 손을 끌어다 내 왼쪽 다리 오금에 가져다 놓는다.

흉터 잡히지?

아무것도 없는데?

잘 만져 봐.

없어.

그는 내 흉터를 찾아내지 못한다.

그의 손을 밀치고 턱 밑을 더듬던 나는 대나무 쭉정이에 찔린 우묵한 흉터 자리를 찾아 손가락으로 누른 채 자지러지게 웃다가 오른쪽 다리를 추켜올린다.

이건 닭이 그랬어, 닭이.

닭이?

그가 묻는다.

응, 닭이.

나는 얼굴이 빨개지도록 터져 나오는 웃음을 간신히 참고서 고개를 끄덕인다.

어두운 조명 탓에 하늘색 핏줄이 가려진 내 다리에 파인 흉터를 그가 매만진다.

여름이었어. 마루에 걸터앉아 강냉이를 먹은 거야. 언니랑 둘이 나란히 앉아서. 우리 발밑에는 땅에 떨어진 강냉이 알을 쪼아 먹던 닭들이 돌아다녔고. 근데 그중 젤 큰 장닭이 순식간에 내 다리를 부리로 콕 찍은 거야. 모기에 물린 상처가 덧나 딱 강냉이 알 만한 딱지가 져 있었거든. 그게 강냉이 알인 줄 알았던 거지. 눈에서 별이 반짝하더라고. 뒤로 벌렁 자빠져서 데굴데굴 구르며 울었지. 그때 어머니가 살점이 패여 피가 철철 흐르는 내 다리에 마이신 가루를 뿌려 주면서 했던 말이 뭐였게?

뭐였는데?

망할 닭, 망할 닭, 하면서 막 욕을 하시는 거야. 미련한 짐승이라 강냉이 알인지 상천지 구분도 못한 거라면서. 사람은 뭐 별다르다고 그렇게 짐승 타령을 하시더라고. 나는 울면서도 그게 다 아버지 들으라고 하는 소리라는 걸 알았지. 헌데, 지난날 그렇게 아팠던 일들이 지금 생각하니 왜 이렇게 웃음이 나오지?

내가 웃음을 멈추지 못하자 광일 씨도 따라서 빙긋이 웃는다.

닭한테 당한 건 덜 억울하지. 난 돌부리에 당했어. 여기 봐 봐.

이번엔 광일 씨가 팔꿈치를 뒤집어 보여 준다.

나는 그의 팔꿈치를 살살 만져 본다. 그러나 뭐가 없다.

아무것도 없는데?

거기.

광일 씨가 내 손을 끌어다 팔꿈치 위 연골 사이에 고정시킨다.

암것도 없다니까.

오래돼서 없어져 버렸나.

광일 씨와 나는 쿠션에서 몸을 반쯤 일으키고 열심히 흉터를 찾는다.

광일 씨가 벌떡 일어나 불을 환하게 켜 놓는다. 나는 얼른 담요를 끌어올려 다리를 감싸고, 그가 내밀어 놓은 팔꿈치를 자세히 들여다본다. 희미하지만 어른 엄지손가락만 한 흉터가 드러난다.

여기 있네.

나는 그의 팔꿈치를 살살 문지른다.

그땐 진짜 아파 죽는 줄 알았는데.

이번엔 광일 씨가 피식 웃음을 터뜨린다.

지난 일들은 다 웃기지? 그치? 변질시키는 거 같아, 시간이. 뭐든 과거에 아팠던 것들일수록 지금 생각하면 더 아름답잖아. 상처는 흐려지는 게 아니라 그 본질 자체가 아름답게 변질되는 게 분명해.

나는 단정 짓듯 말한다. 그러나 갓 베어져 퍼런 대나무 밑동에 찔린 흉터에 대해서는 말하지 않는다.

광일 씨는 내 말에 전적으로 공감하지는 않는 것 같다. 반신반의하는 얼굴로 내 얘기를 잠자코 듣고 있다.

그와 나는 늘 의견이 엇갈린다. 특히 인생에 관한 이야기였을 때 더 그렇다. 신기한 건 그때마다 우리의 몸이 부딪친다는 것이다. 우린 정말 불과 몇 초의 간극으로 서로의 몸이 원하는 걸 알아차린다. 그럴 때면 안간힘을 써서 헐거워진 온몸의 근육들을 짱짱하게 만들어 아슬아슬하게 서로를 섞는다. 우리의 몸은 이제 곧 사라질 거라고 여기는 시한부들처럼 최대한 절실하게 서로를 원한다. 미약하고 기진한 몸부림 끝에 짜낸 거미줄 같은 쾌감을 우리는 최대한으로 과장하여 서로에게 전달한다.

광일 씨가 발가벗은 채로 싱크대로 걸어가더니 머그잔에 물을 받아 좌탁 위에 놓인 트리안에 붓는다. 그는 처음 집에 왔을 때 어떻게 사람 사는 집에 식물이 한 그루도 없는지 신기해했다.

세 번째 올 때 아직 넝쿨이 자라지 않아 뭉툭한 트리안 화분을 하나 사 들고 왔다.

이거, 꽃 피는 거 아니지?

그때 화분을 받아 들고 내가 물었다.

꽃이 피면 어때서?

광일 씨가 물었다.

난 이상하게 꽃이 싫어.

꽃이 왜 싫어?

그냥 싫어.

꽃을 싫어하는 사람이 세상에 어딨어?

광일 씨는 이해할 수 없다는 표정이었다.

그는 그것에 대한 애정이 각별하다. 줄기가 가늘어 수분이 마르면 금방 시들어 버린다는 식물을 그는 가엾이 여긴다. 올 때마다 들여다보고 쓰다듬고 물을 준다. 덕분에 가늘고 여리던 식물은 굵고 거칠어진 넝쿨을 좌탁 아래까지 뻗어 내렸다.

그는 나를 설득해 커튼도 바꾸어 달았다. 그 다음엔 벽지와 장판을 한꺼번에 바꾸는 커다란 공사를 벌였다. 커피포트, 담요, 쿠션, 욕실 슬리퍼, 칫솔걸이, 비누곽, 개수대 위의 선반, 맥주잔 등을 한 가지씩 야금야금 바꾸어나갔다. 냉장고나 가구, 책장, 침대 등 집의 뼈대 같은 걸 빼고는 모두 그가 주인이 되어 버렸다.

그는 뭘 고를 때면 늘 내 취향을 존중했기 때문에 새 물건들은 모두 그전 것들과 형체나 색상이 크게 다르지 않았다. 하지만 차이가 생겼다. 집기들이 바뀌는 동안 내가 변했다. 그를 알기 전보다 욕심이 생겼고, 집요해졌고, 어딘지 좀 더 불행해졌다고 느끼게 되었다. 그가 내 공간에 전

시한 것들은 일반적인 가정에서 우리 또래가 쓰는 물건들 수준에 맞추었지만, 나는 그가 쓰는 면도기나 스킨을 대충 고르지 않았다.

화분에 물 주기를 끝낸 광일 씨는 바닥에 흘린 물방울을 닦는다더니 온 방을 다 청소하겠다고 나선다.

일어나 봐.

그가 어느새 침대로 가 앉아 있는 나를 일으켜 세운다.

왜?

먼지 좀 털게.

얼마 전에 털었잖아.

나는 꾸물대며 자리에서 일어나 싱크대 쪽으로 비켜선다.

부산한 상황을 피할 공간이 내 집에는 없다. 빈방들이 무서워 나는 작은 평수의 아파트를 원룸 형태로 개조하여 수십 년째 살고 있기 때문이다.

레이스 달린 걸로 바꿀까?

그가 털이 닳아서 몽글몽글해진 침대 시트를 걷어내며 말한다.

뭘?

침대 커버.

싫어.

레이스가 이쁘잖아.

싫다니까.

나는 처음으로 광일 씨에게 단호하다.

광일 씨는 레이스를 포기한 듯 낡은 극세사 시트를 베란다로 들고 나가 꼼꼼히 털어가지고 들어와 쿠션을 반듯하게 해 놓고 담요를 네모지게 펴놓는다.

밤색 매직 같은 거 없어?

그는 무엇엔가 긁힌 자국이 난 침대의 머리 판을 손톱으로 살살 긁어 보더니 나를 돌아다본다.

뭐하게?

여기 좀 칠하게.

서랍에서 진갈색 매직을 꺼내다 그의 손에 쥐여 주자 그는 신중하게 패인 곳을 색칠한다.

어때?

그가 만족스럽게 웃는다.

거의 모르겠는데?

그렇지?

정말 까인 곳이 감쪽같아졌다.

그러고도 그는 침대 옆면을 마른걸레로 두어 차례 더

닦는다. 오랫동안 청소를 해 본 듯 익숙한 솜씨다. 침대 정리가 끝나자 물걸레로 방바닥을 닦고 나서 마른걸레로 다시 한 번 바닥을 문지른다. 발가벗은 채 무릎을 꿇고 방바닥을 기어 다니는 모습이 늙고 마른 말 같다.

침대에 앉아 그의 하는 양을 바라보고 있던 나는 손뼉을 치며 큰 소리로 웃고 만다.

왜?

광일 씨가 걸레질을 멈추고 돌아다본다.

귀여운 조랑말 같아서.

난 너무 웃어 글썽이는 눈물을 닦으며 그렇게 대답한다.

광일 씨도 슬그머니 웃고 만다.

누군가 쉽게 사랑할 위험이 없는, 그래서 날 떠날 확률이 낮은 몸을 그는 부산하게 움직인다.

방 청소를 마친 광일 씨는 내친김에 유리창까지 닦아야겠다며, 베란다로 나가 다용도실에서 막대 걸레를 꺼낸다. 아직 어둡지 않은데도 유리창에 비누거품을 잔뜩 일어놓기 전부터, 우린 둘 다 도로를 사이에 둔 맞은편 아파트에서 누군가 보는 것에 대해 걱정하지 않는다.

광일 씨는 허리를 뒤튼 채 유리창 바깥쪽을 열심히 닦

는다. 나를 위해 그가 뭔가를 저렇듯 열정적으로 하는 것은 그가 곧 현자 씨에게로 돌아가야 한다는 신호이기도 하다.

언젠가는 그가 저런 일들을 끝내고 나서 불쑥, 조용하고 침착한 목소리로 담담하게 내게 올 수 없는 상황에 대해 통보할 가능성을 나는 늘 상기한다. 어쩌면 전화상으로 그런 내용을 알려 주고 말지도 모른다.

천성이 부드러운 그의 보호에 중독된 현자 씨가, 말투는 무뚝뚝해도 긴 세월 그의 어머니를 모시고 산 착한 현자 씨가, 마음이 여려 이혼 같은 험한 일은 도저히 감당할 수 없을 거라는 현자 씨가 어느 날 우리의 관계를 알아 버렸을 때, 그때.

나는 그를 잘 안다. 그는 나를 사랑한다. 그는 아내보다 나를 더 애틋하게 여긴다. 그는 가끔은 나와 부부 인연이 없었던 운명 같은 걸 아쉬워한다. 중요한 건, 그가 현자 씨는 사소한 일마저도 혼자서 감당하지 못할 사람이라고 생각한다는 것이다. 지금까지도 주욱 그랬고, 앞으로도 마찬가지일 것이다. 언젠가 그 부분에 대하여 그가 아내를 비난하는 투로 많은 말을 마구 쏟아 낸 적이 있는데, 그건 비난이 아니라 아내에 대한 보호본능에서 비롯된 애정이라는 걸 느낄 수 있었다.

갑자기 벌인 대청소가 끝나자 아니나 다를까 광일 씨가 돌아갈 채비를 한다. 추위를 타서 겨울이면 얇은 옷을 여러 개 껴입는 그는 제일 먼저 팬티를 입고, 발열 폴라 위에 남방을 덧입고 나서 아랫도리 스판 내의와 바지를 입는다. 바지를 엉덩이에 걸쳐 놓은 상태로 엉거주춤 서서 긴 남방자락을 바지 안으로 야무지게 집어넣고 벨트를 맨다. 그 다음으로 내가 사 준 빨간 캐시미어 스웨터를 입고 파카를 입는다. 그의 모습이 단정해지자 내 안 어디에선가 그와 내 관계에 대한 의문이 마구 솟구친다.

우리는 서로가 단정한 모습을 갖추어 제정신으로 보일 때 서로를 의심한다.

굴 무쳤는데.

미안, 오늘은 딸애 데리고 중국식당엘 가야 해서.

그가 진심으로 미안한 얼굴로 말한다.

괜찮아, 했지만 혼전임신을 하여 요즘 광일 씨의 관심을 몽땅 끌고 있는 그의 딸을 나는 속으로 원망한다.

내가 광일 씨의 딸을 사진으로나마 처음 보게 된 건 그와 세 번쯤 식당에 갔을 때였다. 밥을 시켜 놓고 기다리는 동안, 그를 졸라 휴대폰에 저장된 그의 딸을 보게 되었다.

나는 짧은 둥근 머리에 입술을 쑥 내민 이십 대의 이목구비와 표정을 위아래로 확대해 가며 오랫동안 탐닉했다. 하나뿐인 언니마저 스무 살이 채 안 돼 세상에서 사라졌으니, 오래전 할머니의 남동생의 딸 이후에 나와 간접적으로나마 관계되는 이십 대는 처음이었다.

읍 장터에 살던 핏줄은 이름이 명숙인가, 그랬을 것이다. 구멍가게를 하며 근근이 생활했던 그 집은 어느 즈음에 충북 제천으론가 이사를 갔다. 할머니와 할머니의 남동생이 죽은 후로는 왕래가 끊겨 지금은 어디 사는 줄도 모른다. 광일 씨의 딸애는 마치 내가 낳은 것처럼 사랑스러웠다.

그때 나는 주로 풍경사진들뿐인 광일 씨의 휴대폰 겔러리를 모두 뒤져 보았다. 현자 씨가 어떻게 생겼는지 볼 수 있는 기회가 왔다고 생각하자, 목이 마를 정도로 그녀가 궁금했다.

꽃길, 단풍, 파도, 섬, 같은 사진들이 여러 컷 지나가고, 활짝 웃는 딸애의 사진이 몇 컷 계속되었다. 사진을 넘기다 보니 브이 자를 가로로 누인 딸애 뒤에 서 있는 여자가 하나 나오긴 했다.

그의 아내로 짐작되는 여자는 옆으로 서서 딴 곳을 바라보고 있었다. 얼굴이 드러난 제대로 된 사진을 찾으려고 빠른 속도로 손을 움직이는데, 하필이면 그때 그녀한테서 전화가 걸려와 기회를 놓쳤다. 전화기 밖으로 흘러나오는 그녀의 목소리에 나는 숨소리를 죽인 채 앉은 자세를 잔뜩 낮추었다. 추리닝 같은 걸 입고 무방비 상태에서 찍힌 그녀의 짧고 통통한 다리가 어딘지 친숙하게 느껴졌고, 광일 씨와 어쩌다 밥만 먹는 사이였지만, 그 여자의 남자를 나누어 갖는다는 죄의식이 그때는 있었다.

이름이 뭐에요?

통화가 끝나길 기다렸다가 내가 물었다.

집사람? 현자, 박현자요.

광일 씨가 웃으면서 대답했다.

그 후부터 나는 그 앞에서 그의 아내를 현자 씨라고 부르게 되었다. 가까이서 한 번도 본 적 없는 이름이 처음에는 입에 설었는데 곧 익숙해졌다.

단정해진 광일 씨가 티슈를 뽑아 안경을 닦고 서 있다. 현자 씨는 오늘만큼은 그에게 전화를 걸어 무례한 행동을 하지 않을 것이다. 설령 전화를 건다 해도 화를 내는 일은 없을 것이다. 그녀는 오늘 광일 씨와 함께 중국식당에 가서 저녁을 먹기로 약속이 돼 있고, 그가 운전하는 차를 타고 귀가하여 그가 깎아 준 사과를 먹으면서 텔레비전을 보다가 잠자리에 들고, 아침을 맞을 테니까.

나오지 마.

광일 씨가 돌아선다.

앞으로 더 바빠지겠네?

그의 등에 대고 묻는다.

딸애 결혼식까지는 좀 바쁘겠지.

광일 씨가 신발을 신고 나서 한숨을 내쉬고 서 있다.

얼른 가.

나는 광일 씨를 팽이 돌리듯 돌려놓는다.

그의 발소리가 딱 세 번 들려온 후 조용해진다. 나는 그가 엘리베이터를 타고 내려가, 차에 올라 시동을 걸고 출발하기 전 현자 씨에게 전화를 걸 거라는 사실을 알고 있다. 그 이후에 그들이 움직일 동선, 그들의 표정 등을 웬만큼은 다 짐작할 수 있다.

광일 씨는 집 앞에 도착하기 오 분이나 십 분 전쯤, 현자 씨에게 다시 전화를 걸어 예약시간이 가까웠으니 지금 주차장으로 내려오라고 이를 것이다. 그가 주차장에 도착할 시간에 맞춰 두 여자가 내려올 것이고, 롱코트를 입은 현자 씨는 다른 때보다 키가 좀 더 커 보일 것이다. 딸애는 배 속에 아기를 담은 사람답지 않게 줄곧 촐랑거린다. 팔짱을 낀 두 여자가 차 앞으로 걸어가 팔짱을 풀어놓음과 동시에 차의 앞뒤 문이 나란히 열린다. 정확하진 않지만, 현자 씨가 광일 씨 옆 좌석으로 앉는 것 같다. 두 여자 중 광일 씨의 옆자리를 누가 차지하고 앉든 나는 기분이 별로 좋지 않다. 두 여자 모두 광일 씨를 중심으로 한 나의 대상이기 때문이다. 그의 가족 중 내가 너그러울 수 있는 사람은 나보다 더 늙은 그의 노모뿐이다.

식당에 도착한 그들에게 음식을 나르는 남자종업원은 빨간 조끼가 인상적인 유니폼을 입고 있다. 입이 짧은 광일 씨는 테이블에 차례대로 올라오는 커다란 접시들을 무심하게 바라보고 앉아 있고, 딸애가 단무지를 더 달라고 종업원에게 애교스럽게 말한다.

노란 파프리카 한 조각을 손으로 집어 먹던 현자 씨가 겨자가 들어간 해파리냉채를 광일 씨 앞으로 옮겨 놓는다. 시고 매운 걸 좋아하는 광일 씨는 그녀가 권한 해파리냉채를 무심하게 내려다본다. 윤기가 자르르한 오색의 고추잡채가 나오자 명랑한 딸애가 손뼉을 치며 탄성을 지른다.

줄곧 약간 침울한 표정으로 딸애를 바라보고 앉아 있

던 광일 씨가 그제야 엷게 웃으며 잡채 속에서 피망 한 조각을 골라 입안에 넣는다.

정신 좀 차리자. 그가 아내를 바라보는 눈빛과 딸을 바라보는 표정 따위 더 이상 알고 싶지 않다. 너무 잘 알고 있기 때문이다. 그를 팽이 돌리듯 돌려놓자 그가 그대로 돌아간 뒤, 나는 오랜 시간 꼼짝 않고 침대에 누워 있었다. 몸을 뒤척이는 것마저 할 수 없었던 탓에 눌려 있던 오른쪽 어깨가 탈골된 듯 아프다. 그런데도 졸음이 오는 건 얼마나 다행스런 일인가.

잠이 든 나는 꿈을 꾼다. 꿈에서도 꿈을 꾸고 있다는 걸 알 수 있다. 음산한 기운이 도는 낯선 사각 공간에 내가 누워 있는 꿈이다. 그곳을 빠져나와야 한다는 생각은 내 의지일 뿐 몸이 움직여지지 않는 고약한 상황, 나는 가위눌리고 있는 게 확실하다. 형체가 없는 무엇인가가 나를 꽉 붙들고 놓아주질 않는다. 눈으로 확인할 수 없는 거센 힘에 짓눌려 나는 몹시 고통스럽다. 꿈에서도 꿈을 꾸고 있다는 걸 알듯이, 나를 꼼짝 못하게 하는 그것이 혼령이라는 것을 나는 안다. 죽은 어머니도, 아버지도, 언니도 아닌 바로 아직 살아 있는 나의 혼령이란 걸.

잠에서 깼다고 여긴 나는 시계를 올려다본다. 오 분도

채 지나지 않았다. 잤던 것도 꿈을 꾼 것도 아닌 게 분명하다. 광일 씨의 젓가락에 이번엔 홍고추가 매달려 있다. 그 다음엔 목이버섯, 그 다음엔 또 피망, 당근……그 다음, 그가 입 가까이 가져갔다가 하던 말을 마저 끝낸 뒤 큰 소리로 웃고 나서 입안으로 집어넣은 건 돼지고기다.

그는 돼지고기를 먹으면 배가 아프다며 언젠가 내가 만들어 줬던 고추장 불고기를 한 젓가락도 먹지 않았다. 나는 그가 돼지고기를 못 먹는 줄 알았다. 나는 어느 땐 그를 너무 모른다.

그들이 접시 바닥에 소스 찌꺼기만 남겨 놓고 냅킨으로 입을 닦을 때에야 나는 간신히 일어나 화장실로 간다. 변기에 앉아 있다가 무심코 뒤쪽에 있는 거울을 돌아보았을 때, 나는 소스라친다. 낯이 선 괴물을 보았기 때문이다. 정면이 아닌 45도쯤 되는 측면, 나 아닌 나, 그런데 분명히 나, 누가 그랬던가. 그것이 바로 끝없이 내게 도전장을 내밀며 내 안에 안주하는 괴물이라고.

07

　광일 씨는 팬티만 입고 누워 휴대폰 갤러리에 저장된
딸 결혼식 사진들을 내게 보여 준다. 그의 딸이 결혼식을
올린 날은 아침부터 비가 왔다. 그날 날씨와 상관없이 사
진들은 화사하기만 하다. 신랑 신부의 사진들을 재끼고,
나는 현자 씨의 사진에만 집중한다.

　그녀는 예쁜 구석이라곤 찾아볼 수 없는 얼굴이었다.
광일 씨는 아내가 통통한 편이라고 말했지만, 조명을 받
아 번들거리는 그녀의 얼굴은 심하게 둥글넓적했다. 특별
히 인상이 좋다거나 선해 보인다거나 하는 점도 찾아볼 수
없었다. 넓은 어깨는 겨자색 저고리 안에서 출렁이고 있
을 두꺼운 살들을 짐작하게 하고도 남았다. 고전적인 콘
셉트로 꾸며 놓아 그런지 나보다 다섯 살이나 적은 여자처
럼 보이지도 않았다. 체형이나 얼굴형 자체가 나와는 비

숫한 구석조차 없었다.

광일 씨는 그녀의 어떤 점이 좋았던 걸까. 그녀의 눈에 세상에서 제일 못생긴 광일 씨는 호리호리해서 양복이 썩 잘 어울렸다. 억지스럽게 타놓았을 가르마도 그다지 어색해 보이지 않았다.

현자 씨와 손잡고 찍은 사진은 유난히도 잘 나왔다.

이런 타입을 좋아하나 봐?

나는 말한다.

예전엔 귀엽고 복스러웠다니까.

어디가 귀여웠는데?

몰라, 기억도 없어.

광일 씨는 내게서 휴대폰을 뺏어 버린다.

내가 현자 씨를 예쁘다고 말해 주지 않아서 서운한 모양이다. 그러나 나는 그 말을 해 줄 수 없다.

광일 씨는 그날, 올린 머리 아래로 도톰한 뒤쪽 목선을 드러낸 복스러운 현자 씨와 줄곧 나란히 서 있거나 앉아 있었다. 결혼식 도중 신랑 신부 어머니가 화촉을 밝혀야 할 순서가 되자, 사회자가 양가 어머니를 불러냈다.

현자 씨가 자리에서 일어났다. 의자 사이에 치마가 걸

렸거나 긴장을 했던지 먼발치에서도 그녀의 몸이 오른쪽으로 살짝 쏠리는 걸 알 수 있었다. 그러자 나란히 앉아 있던 광일 씨가 얼른 그녀의 치맛자락을 간추려 주고 나서, 식장 중앙으로 걸어 나가는 그녀를 걱정스런 얼굴로 바라보았다. 현자 씨가 케이크에 촛불을 켜는 순간에도 광일 씨는 그녀에게서 눈을 떼지 않았다. 결혼식의 모든 절차가 끝나고 가족사진을 찍고 내려오는 도중에도, 그는 현자 씨의 거추장스런 한복 치마를 여미며 염려스러운 표정으로 그녀를 살폈다.

광일 씨가 침대에 누운 채 휴대폰 웹을 열어 청첩장 동영상을 보여 주던 두 달 전부터, 나는 광일 씨 딸애의 결혼식을 기다렸다. 다니는 곳이 많지 않은 데다 길눈이 어두운 탓에 결혼식장엔 콜택시를 타고 갔다. 차를 끌고 나가 헤매다가 결혼식을 놓치는 일은 없어야 했다.

빗길인데다 주말이라서 차가 밀릴 걸 감안하여 삼십 분 정도 서둘러 집을 나섰다. 택시에 올라탄 순간 내가 상처 받게 될 장면들에 대해 생각해 보았고, 어느 정도 예상도 했다. 그러나 나는 현자 씨를 제대로 한 번 보고 싶었다. 그녀가 어떤 눈빛을 가졌는지, 남편과 뭘 의논할 때 주로 어떤 목소리를 내는지, 또한 그녀를 바라보는 광일 씨의 눈빛이 어떤지, 내 눈으로 확인해야 했다.

예식장에 도착하여 광일 씨 부부의 이름이 적힌 식장을 쉽게 찾을 수 있었다. 그리고 곧바로 나란히 서 있는 광일 씨와 현자 씨를 발견했다. 두 사람은 하객들을 맞느라 분주했다.

그들 앞에 나설 수 없는 나는 식이 시작될 때까지 어디서든 시간을 때워야 했다. 예식장은 네 쌍이 같은 시간에 서로 다른 방에서 각각 다른 주례사를 들으며 결혼식을 올리는 중이었다.

나는 하객이 가장 적은 식장으로 갔다. 신부 측 어머니 자리에 새파랗게 젊은 여자가 앉아 있는 걸 보고서 옆에 있던 여자에게 신부 측 어머니 자리에 앉아 있는 사람이 누구인지 물었다.

어머니지 누구겠어요?

이상한 사람 다 보겠다는 듯 여자의 말투가 삐딱했다.

내가 이상하게 굴었던 걸 내가 더 잘 알고 있었으므로 여자가 불친절하다고 느끼진 않았다. 나는 아는 사람이 한 명도 없는 결혼식을 지켜보다가 그곳을 나왔다.

광일 씨가 사랑하는 딸애의 결혼식이 시작되었다. 나란히 서서 하객들을 맞던 광일 씨 부부는 이젠 나란히 앉아 있었다. 광일 씨의 눈시울이 약간 붉어 보였다.

광일 씨가 선해 보인다고 자랑하던 신랑은 키가 크고, 동그란 얼굴이었고, 광일 씨의 말대로 인상이 정말 괜찮았다. 식이 진행되는 도중 스테이크가 나왔다. 나랑 한자리에 앉아 있던 여자 둘 중 한 명이 결혼식을 구경하며 스테이크를 먹는 것도 새롭다며 좋아했다.

거기서 음식을 먹을 생각은 아니었는데, 나는 카스테라와 야채샐러드를 조금씩 먹었다. 광일 씨가 나를 볼 가능성은 희박했다. 객석은 원탁 형의 테이블을 적당한 간격으로 배치한 형태였고, 나는 맨 뒤 구석 자리에 무대와 측면인 각도로 앉았으니까.

식이 시작되자 식장으로 들어갔던 나는 앉을 자리를 둘러보다가 신부 또래로 보이는 젊은 여자 둘이서 차지하고 있던 객석 벽면 옆으로 가 자리를 잡았다. 그 후로 한참 뒤, 발소리를 죽이며 살금살금 걸어 들어온 여자들 둘이 빈자리를 찾다가 내가 앉아 있는 자리로 합석했다.

여자들은 예식에는 별로 관심이 없었고, 식이 진행되는 도중에도 계속 자기들끼리 이야기를 나누었다. 귓속말에 숙달된 사람들 같았고, 뭔가 아직 일을 가지고 있는 사람들 같았다. 누군가의 흉을 보고 있는 둘은 바로 앞에서도 들리지 않을 정도로 작은 서로의 목소리를 잘도 알아들었다.

소장 때문에 죽겠어 정말, 사람을 은근히 볶는다니까.

한 여자가 갑자기 목소리 톤을 높이며 화를 냈던 바람에 간신히 그 한마디가 들려왔을 뿐이었다.

그녀가 감정을 억누르지 못한 채 목소리가 커졌던 순간은 신랑 신부의 키스 타임이었다. 민망하게 웃으며 무심코 무대 쪽을 쳐다보던 여자는 그때부터 식에 집중했다. 어쨌건 내 또래이거나 잘하면 한두 살이나 적어 보이는 여자들 때문에 내 자리가 초라함을 면한 건 사실이었다.

단정한 유니폼 차림의 남녀 직원들이 음식을 날랐다. 조용조용하면서도 신속하고 질서 있게 움직이는 젊은이들은 모두 밝고 자신감 넘치는 표정이었다. 달달한 샐러드와 카스테라는 내 입맛에 정말 별로였다.

두 여자들은 스프와 샐러드접시를 재깍재깍 비워 냈다. 결혼식 절차가 끝날 무렵, 신랑 아버지 측에서 준비한 깜짝 이벤트가 있었다. 식순에 없었던 이벤트는 시아버지가 며느리에게 쓴 편지를 직접 낭독하는 순서였다.

광일 씨에게 들은 바로는, 그는 건축 사업으로 돈을 많이 번 사람이라고 했다.

며늘아가, 천사 같은 네가 내 가족이 되어 주겠다고 말하던 날 이 시아버지는 가슴이 뭉클했단다. 그 벅찬 감동은 지금까지 살면서 한 번도…….

상투적인 내용의 꽤 긴 편지를 낭독하는 동안 하객들이 조금씩 빠져나갔고, 광일 씨와 현자 씨는 감격스러운 표정을 짓고 서 있었다.

낭독이 끝나자, 하객들이 박수갈채를 보냈다. 낭독을 마친 신랑 아버지가 무슨 사과문을 읽은 국회의원처럼 하객들을 향해 굽신거리며, 사회자가 서 있는 반대쪽으로 내려간 뒤 기념촬영이 시작되었다.

현자 씨가 광일 씨의 오른쪽 어깨를 살짝 가리고 서서 고개를 드는 순간 나는 식장을 벗어났다.

식장을 나오면서 우리가 이렇게 되기 전, 광일 씨가 내게 했던 말을 떠올렸다.

아내와는 그런대로 잘 맞는 편이에요.

그때 광일 씨에게서 들었던 그 말이, 비슷한 표정으로 나란히 서 있는 부부를 보자 너무나도 이해가 됐다. 내가 궁금해 하던 현자 씨의 눈빛이나 표정은 그들이 부부라는 사실 속에 묻혀 아무런 의미조차 없었다.

그렇게 느낀 순간, 갑자기 무력해진 나는 식장을 나와

발길 가는 대로 큰 차도 옆 인도를 꽤 오래 걸었다. 신호등을 다섯 개쯤 건넜을 때 빗줄기가 거세졌고, 나는 그제야 택시를 잡아탔다. 집에 돌아온 후에도 무력증은 계속되었다.

광일 씨는 언제든 자기 집 얘기를 시시콜콜 들려주는 편이라서, 나는 그의 일상을 훤히 파악한 상태가 된 지 이미 오래전이었다.

피로연장으로 떠나는 신랑 신부를 배웅하고 나면, 광일 씨는 그의 처가 식구들과 함께 집으로 갈 계획을 세우고 있었다. 그는 형제들이 많은 집 막내인데도 형제들과는 거리감을 두고 지내는 반면, 주로 처가 쪽 식구들과 친밀하게 지내는 편이었다. 네 명의 처제들 중 둘은 이혼을 했는데, 자상하고 정 많은 광일 씨가 그들의 잔심부름까지 모두 도맡고 있다는 걸 그와 가까워진 지 얼마 안 돼서 알았다. 그는 나를 태우고 현자 씨가 심부름 시킨 김치 같은 걸 처제들에게 실어다 주곤 했다.

집에 돌아와 침대에 누워 광일 씨의 조용한 목소리를 떠올리자, 처가 식구들이 모인 그 집 풍경이 눈에 훤히 들어왔다.

그들이 집에 도착하자, 애완견 두 마리가 소란스럽게

뛰쳐나왔다.

야 이놈들아.

광일 씨가 현자 씨의 치맛자락으로 매달리는 개들을 떼어내 한 대씩 때리고는 급히 개장에 가두었다.

집에 모인 사람들은 약간의 음식을 나눠 먹으며 신랑 측 부모의 경제력을 화제 삼아 수다를 떨었다. 처가 식구들 중 가장 인물이 좋은 데다 심성이 착해 광일 씨의 사랑을 듬뿍 받는 셋째 처제가 소파에 기댄 채 잠이 들었다. 그걸 발견한 광일 씨가 얼른 방으로 들어가 담요를 꺼내다 현자 씨에게 건네자, 그녀가 잠든 동생의 발 언저리를 감싸 주었다.

그 후로도 현자 씨는 진열대에서 접시나 포크를 꺼내다 달라고 광일 씨에게 여러 차례 부탁했고, 광일 씨는 말 잘 듣는 아이처럼 재빠르게 그녀의 잔심부름을 했다. 아침 일찍부터 이런저런 일로 분주했던 그들은, 일제히 아무렇게나 누워 이야기를 나누다가 저녁을 간단히 때우고 나서 뿔뿔이 흩어져 각자의 집으로 돌아갔다.

거실에는 광일 씨 부부가 덩그러니 남았다. 집이 고요해지자, 광일 씨 노모의 방에서 티브이 소리가 흘러나왔다. 현자 씨가 무거워 보이는 몸을 이끌고 안방으로 들어

갔다. 광일 씨도 자리에서 일어나 노모의 방문을 한 번 열어 보고서는 이내 현자 씨를 따라 방으로 들어갔다.

나는 몸을 일으켜 팬티를 갈아입었다. 특별한 징크스를 지닌 내 소중한 흰색 팬티는 낡을 대로 낡아 이제 습자지처럼 얇아졌다. 이상하게도 그 흰색 팬티를 입는 날은 광일 씨가 나타났고, 나는 언제부턴가 그 팬티가 지닌 주술적 효력에 의지하게 되었다. 그 팬티만 입으면 그가 올 수 없을 거라고 확신했던 날에도 그를 볼 수 있는 일이 일어나곤 했으니까.

팬티를 갈아입고 침대에 누웠지만, 그날만은 영험한 팬티의 효력을 기대할 수 없었다. 천성이 다정한 광일 씨는 그때쯤 애지중지 키운 외동을 떠나보내고 헛헛함에 기진해 있을 현자 씨의 다리를 주무르고 있을 거라는 걸 나는 잘 알고 있었다. 그런데도 나는 팬티의 효력을 포기할 수 없었다. 광일 씨가 결혼식에 와 준 친구들을 핑계 삼아 그녀의 곁을 벗어나 내게로 와 주길 간절히 바랐다.

광일 씨가 드디어 방에서 나왔다. 그리고 나는 곧바로 이제 고된 하루의 일정을 마치고 자려는 참이라는 그의 긴 문자를 읽을 수 있었다.

오늘은 유난히 당신 침대가 그립다.

끝에 적힌 그 문장은 내 귀한 주술적 팬티가 부린 요술이었다.

나 그날 거기 갔었어.

내 말에 광일 씨가 놀란다.

어딜? 예식장?

응.

왜?

그가 묻는다.

왜?는 내가 거길 왜 갔는지, 왜? 거기까지 왔으면서 인사도 없이 그냥 돌아갔는지, 둘 중 뭘 묻는지 정확하지 않지만, 그는 순간 내 몸 어딘가에 있던 손을 거두며 얼굴에 스치는 두려움 같은 걸 감추지 못한다.

정말 왔었어?

그가 다시 묻는다.

내가 거길 왜 가?

나는 거짓말을 하고 만다.

현자 씨가 우리 사이를 눈치채는 일도 일어나지 않았고, 광일 씨의 관심과 시간을 왕창 뺏어 갔던 딸도 시집을 갔다. 그러나 우리의 시간을 가로막는 일들은 여전히 남아 있었다. 광일 씨 부부의 중국 여행이 코앞으로 다가와 있었다.

08

광일 씨가 비행기를 타기 위해 공항으로 출발할 시간
이 닥치자, 마치 지구가 어디론가 내려앉는 것 같은 느낌
에 눈앞이 아찔해진다. 그가 단 5일 동안, 거리상 멀지도
않은 가까운 다른 나라에서 지내게 될 대수롭지 않은 상황
이 안기는 낯선 감정은 나를 적잖이 당황스럽게 만든다.
뜨거운 물로 몸을 씻고 싶지만, 이미 덮쳐 버린 무력감을
유지하는 편이 나을 것 같아 목욕을 포기한 채 앉아 있다
가, 서랍을 열어 미친 듯이 낡은 흰 팬티를 찾고 있는 내
자신에게 놀라 나는 침대에 벌렁 드러눕고 만다.

이제 내게 주어진 일은 죽은 듯이 누워 광일 씨의 전화
를 기다리는 것뿐이다.

사실 나는, 현자 씨가 여행에 필요한 물건들을 준비하기 위해 의류매장이나 백화점 같은 곳에 가는 일부터 시작하여, 그들 부부가 타게 될 비행기와 그들이 도착하게 될 공항, 식당, 마켓, 호텔의 분위기 등을 생각하느라 지난주 내내 필독서를 읽지 못한 채 아이들을 만나고 수업을 강행했다.

　모든 일은 광일 씨한테 일어나고 있지만, 그런 일들이 몰고 오는 파란, 내겐 파란이었다. 그 일들은 내 심리상태와 생활에 밀접하게 개입했다. 현자 씨가 쿠션이 좋은 트레킹화, 선글라스, 흡수력 뛰어난 티셔츠 등으로 트렁크를 채워 나갈 시간에도 나는 광일 씨가 없는 도시에 적응하는 법을 연습하고 또 각오해야 했다.

　그는 잘하면 두 번쯤 내게 전화를 걸 것이다. 휴게소에서 한 번, 공항에 도착해서 한 번. 이제 곧 전화벨이 울릴 거라고 생각하고도 한참이 지나 전화가 걸려 온다.

　나는 광일 씨가 전화상으로 들려주는 말들보다 더 많은 것들을 상상하기 위해 전화를 받지 않는다. 그는 이 여행이 하나도 즐겁지 않으며, 지루한 여행이 될 거라고 말할 것이다. 현자 씨가 고른 화려한 색상의 아웃도어에 파란색 운동화를 신은 자기 모습을 휴게소 스낵코너 유리에 이쪽저쪽 비춰 보면서 내게 미안하다고 말할 것이다. 언젠가는 나와도 꼭 여행을 갈 기회를 만들 거라는 말도 잊지 않을 것이다……

끊긴 수신음이 다시 시작된다. 자지러지는 전화기를 바라보다가 나는 울컥 눈물을 쏟아 내고 만다. 고일 틈도 없이 주르륵 흘러 버린 눈물이 귓속으로 들어간 탓에 벨소리가 아득해지더니 전화가 끊긴다.

어댑터. 책상 밑에 파랗게 불이 들어와 있는 프린터의 어댑터는, 비가 엄청 오는 날 전자상가가 밀집해 있는 일대를 뒤져 광일 씨가 사다 준 것이다. 그날은 현자 씨가 한방병원에서 물리치료를 받을 일이 있다고 했던 날이었다.

현자 씨를 병원 앞에 내려주고 나서 그는 곧장 전자상가로 달려갔는데, 오래된 내 프린터와 맞는 어댑터를 구하는 일이 생각보다 쉽지 않았다. 간신히 그걸 구해 그가 집에 도착한 순간부터 현자 씨에게서 전화가 걸려 왔다. 이미 그전부터 전화가 걸려 왔다고 그가 말했다.

그가 땀을 비적비적 쏟으며 어수선한 내 컴퓨터 전선들을 정리하는 동안 열 통화도 넘는 전화가 걸려 왔는데도, 그는 내 프린터를 손보는 작업을 계속했다. 컴퓨터에

딸린 모든 콘센트가 책상 밑에 있던 탓에 십 분 정도 옹색한 자세로 비좁은 공간에 엎드려 있어야 했다. 물빛 바탕에 흰 점 무늬가 있는 팬티와 마른 허리춤이 드러나는 걸 아랑곳하지 않은 채, 내가 엄두도 내지 못할 전기와 연관되는 작업에 열중하는 그의 모습이 내게는 정말 감동이었다.

간신히 작업을 마친 그는 새로 연결한 어댑터에 이상이 없는지 확인하기 위해 프린터를 켜 놓고 웃통을 벗었다. 면도를 하면서 테스트 용지를 뽑아 보느라 턱밑을 베였다. 그가 세면대에 고개를 숙이고 머리를 감는 동안 상처에서 계속 피가 흘렀다.

그날 한 시간도 넘게 현자 씨를 기다리게 한 일로 인하여 곤란해졌을 상황에 대하여 나중에 물어봤는데, 그 부분에 대해서는 끝내 입을 열지 않았다. 그의 표정만으로도 그가 꽤 난감한 꼴을 당했으리라는 걸 짐작할 수 있었다.

그에 대한 불신을 지우려 애쓰다 떠올리게 된 그때 일이, 위로는커녕 나를 더욱 못 견디게 만들어 놓고 만다. 손끝에 세숫비누로 감은 빳빳한 그의 머리카락 감촉이 생생하게 살아나며, 삐삐삐삐, 비밀번호를 다급히 누르고 도둑 잡으러 온 사람마냥 급히 문 안으로 들어선 그가 눈앞에 우뚝 서 있다.

그의 손에는 문에 붙어 있던 전단지들이 몇 장 들려 있다.

자식들, 쓸데없이 이런 걸 왜 붙이냐.

전단지를 훑어보며 그는 투덜거린다.

하루는 그가 내게 골뱅이무침을 해 주겠다며 장을 봐 가지고 집으로 왔다. 나는 평소에 음식을 거의 만들어 먹지 않는 편이라서, 할 줄 알던 것도 잊어버린 지 오래다. 내 음식 솜씨가 젬병인 걸 잘 알고 있는 그가 요리의 키를 잡고서 우리는 골뱅이무침을 만들기 시작했다.

파를 채 써는 일은 내가 좀 더 나은 것 같아 파만 내가 썰었다. 신 걸 좋아하는 그가 식초를 들이붓는 걸 보고도, 나는 그를 말리지 않고 잠자코 지켜보았다. 고춧가루와 통깨를 넣어 무치는 음식 대부분이 그렇듯이, 보기에 먹음직스러운 골뱅이무침이 완성되기 전 우리는 중간에 간을 보았다. 나는 파채에 골뱅이를 감아 그의 입에 넣어 주었고, 그는 오이에 골뱅이를 포개 내 입에 넣어 주었다. 내가 약간 시다, 고 했고, 그는 조금 세다, 고 말했다. 짜고 신 맛을 줄이기 위해 그가 당근, 양파, 오이를 잔뜩 썰어

넣는 바람에 양이 산더미처럼 많아졌다.

쓰지 않던 접시를 꺼내야 했다. 내가 진열장 문을 활짝 열고 알맞은 접시를 막 꺼내놓았을 때, 현자 씨가 전화를 걸어 그를 불러 갔다. 그 상황에 나를 혼자 두고 갈 것까지는 없겠다고 생각되는 아주 사소한 일로.

그의 셋째 처제가 낙지를 가져왔는데, 현자 씨는 산 낙지를 만지지 못하겠다는 단지 그 이유로 그를 급히 집으로 불러들였다. 현자 씨는 낙지를 죽기 전에 먹어야겠다며 지금 당장 들어와 낙지를 잡아 달라고 했고, 그는 그녀의 부름을 뿌리칠 이유를 만들지 않고 집으로 갔다.

나는 쟁반처럼 커다란 접시에 담아 식탁에 차려 놓은 골뱅이무침을 혼자서 먹었다. 산 낙지 하나도 못 잡는 현자 씨를 원망하면서 야채를 헤집고 질긴 골뱅이를 일일이 골라먹었다. 눈을 질끈 감은 채 큰 소리로 웃으며 파를 채 썰 때까지만 해도, 나는 그걸 혼자서 먹게 되리라는 생각을 하지 못했다.

먹다 보니 파가 지독하게 매웠다. 갑자기 벌어진 상황이라, 시고 매운 음식을 얼떨결에 혼자서 꾸역꾸역 먹을 수 있었다.

좋지 않은 일은 갑자기 당하는 게 나았다.

전화가 걸려 온다. 일곱 시 십 분, 광일 씨 부부가 드디어 공항에 도착한 모양이다. 지금 그의 목소리를 듣지 못하면 이틀, 3일 후에나 그의 목소리를 듣게 될지도 모른다. 그것보다 나랑 통화가 안 되는 걸 못 견뎌 하는 광일 씨의 풀 죽은 얼굴이 맘에 걸린다. 받을까 말까, 망설이는 동안 벨소리가 멈추어 버린다. 어딘지 좀 통쾌하기도 하다. 이 전화를 받을까 말까에 대한 고민은 광일 씨가 내게 여행 계획을 말한 그 순간부터였다.

전화 자주 할게, 라고 말하는 그와 침대에 나란히 누워서도 여러 번 생각했다. 담담하게 최대한 밝은 목소리로 잘 다녀오라고 말할 수 있게 되길 바랐다.

그러나 나는 끝내 그의 목소리를 듣지 않는 쪽을 택했다.

자나 보네?

문자가 도착한다. 정말 어이없는 그의 추측이 한편으론 다행이다.

모처럼 혜옥 씨 만나서 밥도 먹고 그래, 그 사람 요

즘 힘들다며, 위로도 좀 해 주고.

사랑해. 내겐 당신밖에 없어.

내 답을 기대하지 않고 급히 이어지는 문자는, 그가 시간이나 상황에 매우 쫓기고 있다는 걸 말해 준다.

그는 한 번도 보지 못한, 자신의 존재를 꿈에도 모르는 내 친구 이름을 언제나 친한 자기 친구 이름 부르듯 한다. 내가 그의 딸의 이름을 아주 자연스럽게 입 밖으로 꺼내듯이.

우리는 서로의 주변 인물이나 그들의 일상에 대한 것들을 거의 알고 있다. 하지만 그는 정작 나를 모르는 것 같다. 이 상황에 내가 전화 벨소리를 듣지 못할 정도로 깊이 잠들 거라는 생각도 그렇지만, 친구를 만나 수다를 떠는 일로 그가 없는 공간을 메울 수 있을 거라고 여기는 것 또한 터무니없었다.

나 또한 그의 그런 생각들을 짐작하지 못했다.

09

샛노란 가로등 불빛이 벌거벗은 나뭇가지 사이로 밤새 쏟아져 내렸다. 인적이 끊기고 난 후, 새벽녘에 팔짱을 낀 젊은 남녀 한 쌍이 비명 같은 웃음을 터뜨리며 나무 밑을 지나갔다.

그들이 성당이 있는 모퉁이로 사라지고 난 후 거리는 줄곧 비어 있었다. 나는 매실장아찌를 통째로 꺼내 놓고 밥을 한 공기 먹고서 침대로 가 누웠다. 광일 씨의 조용한 음성이 들려왔다. 잠자코 귀를 기울이자, 피곤해 보이는 광일 씨의 얼굴이 눈앞으로 떠올랐다. 짙은 카키색 커튼이 차츰 연두색으로 변하는 걸 지켜보는 사이, 용케 잠이 들었다.

희미한 빛이 커튼 새를 비집고 들 즈음에야 잠이 들어 아홉 시에 일어났다. 광일 씨가 없는 소망원으로 가 아이들 오전수업을 마치고 돌아오는 길에 수예점에 들렀다.

수예점 주인은 무엇을 짤 건지 물었다. 체구가 작은 남자 스웨터를 짤 거라고 대답하자, 주인은 몸에 꼭 맞게 짤 건지 헐렁하게 짤 건지를 구체적으로 얘기해 줘야 한다고 말했다. 거기까진 생각해 보지 않았다고 대답했더니 여자가 고개를 끄덕이고 나서 실을 고르기 시작했다.

연두색 봉지에 담은 털실을 들고 수예점을 나왔다. 집으로 돌아와 연고와 물파스 같은 것들이 든 바구니를 비워 털실을 담아 놓고 뜨개질을 시작했다. 바늘을 움직이다 보니 갑자기 스웨터를 완성해야겠다는 목표가 생겼다.

아무것도 하지 않고 뜨개질에만 전념했다. 6센티 정도의 단을 다 뜨고 나서 몸통 부분의 코 수를 늘려나가느라 신중을 기울일 때, 광일 씨한테서 전화가 두 번 걸려 왔다. 전화벨이 울리는 동안엔 바늘이 빨리 움직여졌다. 수신음이 끊기고 나서 보니 그 부분이 볼록하게 울어 결국은 풀고 다시 짜야 했다.

아무런 일도 일어나지 않는 이틀 밤낮이 그런 식으로 지나갔다. 몸통 부분이 끝난 뒤, 어깨 쪽 홈을 어떻게 파들어 가야 할지에 대한 고민을 오랫동안 시도하지는 않았다. 어릴 적 코를 늘이고 줄일 필요가 없는 목도리 한 개를 떠 본 경험이 전부인 나로서는 불가능한 일이라고 생각했기 때문이었다.

나는 다시 수예점으로 나갔다. 수예점 여자가 오전 열 시부터 오후 여덟 시까지 푹 꺼진 소파에 앉아 늘상 뜨개질을 한다는 사실을 예전부터 알고 있었다. 여자는 볕이 좋은 날이면 일정한 오전 시간에 늘 가게 문을 열어 두었다.

여자는 고개를 숙이거나 추켜올리고 앉아 끈덕지게 바늘을 움직였다. 여자가 앉아 있는 소파는 몹시 딱딱하고 불편해 보였다. 각진 팔걸이 모서리마다 천을 뚫고 삐져나온 쇠가 보였다. 어쩌다 손님이 들어가면, 주먹을 쥔 양손을 번갈아 목덜미나 등 같은 데를 콩콩 두드리며 자리에서 일어났다.

가게 안에는 여자의 작품들이 걸려 있었다. 성글거나 촘촘한 구멍들이 모여 완성된 가방, 스웨터, 원피스, 모자, 핸드폰 커버, 심지어는 침대 커버……

비좁고 산만한 공간에 앉아 뭔가를 시작하고 완성해가는 여자의 표정은 늘 깊었다.

이를 어쩌, 헛수고를 하셨네. 밤을 샜나 봐요. 몸통을 반 정도 떴을 때 한번 들르라고 말씀드렸잖아요.

여자는 몸통 부분 절반 이상을 모두 풀어냈다.

겨우 이틀 밤인데요 뭐.

나는 곱슬곱슬해진 털실을 무심히 바라보았다.

중간 부분에서부터 미리 어깨 홈을 파 나가야 하거든요.

여자의 설명은 정확한 것 같으면서도 어딘지 구체적이지 못했다.

머리에 보푸라기가 묻었네요.

여자의 가르마 부분에 머리핀처럼 들러붙은 노란 실 보푸라기를 떼어 내밀자, 그녀는 희미하게 웃었다.

유리창 선팅을 왜 저렇게 진하게 했어요?

가게를 나오려다 말고 여자에게 물었다.

빛이 들면 안 돼요. 실이 바래서 버리거든요.

그렇겠군요.

나는 집으로 돌아와 여자가 가르쳐 준 대로 어깨 부분을 만들기 위한 홈을 파 나갔다. 곱슬곱슬해진 실을 손으로 훑어 내리다 새끼손가락을 살짝 베였다. 베인 살에서 삐주름히 피가 비쳤다.

피는 솟은 자리에 끈끈하게 맺혀 있었다. 상처가 작은 데 비해 통증이 강했다. 손 전체가 아렸다. 지문 사이로 핏물이 약간씩 번져 나갔다. 갑자기 스웨터가 너무 헐렁하다는 생각이 들었다. 바늘을 쑥 잡아 빼 전체를 몽땅 풀어 버렸다.

짜이다 풀린 실은 말이 털실이지 생선뼈처럼 가늘었다. 털실을 몽땅 쓰레기통에 구겨 넣고 다시 수예점으로 나갔다. 여자는 웬 털실을 또 사는지 물었다. 샀던 걸 버렸다고 대답하자, 그녀는 털실 뭉치처럼 가벼워 보이는 머리통을 갸우뚱거리며 주먹으로 동그란 어깨를 통통 두드렸다.

실뭉치를 쌓아 둔 진열장 쪽으로 걸어가던 나는 그동안 버린 것이 너무 많아서 뭘 버리는 게 습관이 돼 버린 것 같다고 말하고 나서 보니 여자가 보이지 않았다.

여자는 어디선가 진회색 스웨터 하나를 들고 나왔다.

실 값만 내고 이걸 가져가실래요? 오래전에 누군가 주문한 건데 찾아가질 않네요.

여자의 말투는 적극적이었다.

나는 고개를 흔들어 보이고 나서 털실을 골라 수예점을 나왔다.

집으로 돌아오기 바쁘게 바늘을 들었다. 이번엔 제대로 짜야겠다고 생각하여 단 코 수를 조금만 잡았다. 이번만큼은 잘 할 수 있으리란 생각으로 신중하게 손을 놀렸다. 몸통을 몇 바퀴나 돌았는지 꼼꼼히 셌다. 한 단, 두 단, 세 단, 네 단, 다섯 단……

진도를 좀 늦춰야겠다고 생각했다. 빨리, 너무 빨리 떠 버리면 시간이 더디 갈 것이었다. 단을 떠 놓고 몸통을 만들기 전, 동창에게 전화를 걸어 보았다.

자기가 무슨 일을 하는지 말해 주지 않는 동창은 퇴근 시간을 앞당겨 근처로 오겠다더니 통화를 한 지 한 시간도 안돼 근처 맥줏집에 도착했다고 연락을 해 왔다.

상철아. 넌 목소리가 왜 그렇게 커?

너무 늙어 보여 평소에 잘 부르지 못하던 동창의 이름을 부를 수 있을 즈음에는 목구멍으로 꺽꺽 신물이 올라왔다.

그 뒤부터 나는 줄곧 화장실을 들락거렸다. 뒤늦게 헤어진 아내 얘기로 열을 올리던 동창이 오줌보가 터졌냐며 갑자기 화를 냈다.

그래 오줌보가 터졌다 왜?

나도 덩달아 버럭 소리를 질렀다.

우리 뒤쪽에 앉아 있던 젊은 커플이 나를 빤히 쳐다보았다. 동창 역시 잠자코 내 얼굴을 바라보고 있다가 비틀거리며 화장실로 들어갔다.

성질머리가 그 따위니까 혼자 사는 거지.

나는 동창의 뒤통수에 대고 중얼거리며 자리에서 일어나 밖으로 나왔다.

편의점으로 들어가 이온음료 한 캔을 사가지고 나와 아파트 단지들 틈에 자리한 공원 벤치로 가 앉았다. 트레이닝복을 입은 남자 하나가 고개를 숙이고 벤치 앞을 지나갔다. 남자가 들고 있는 비닐봉지 위로 패트병 맥주가 들여다보였다. 나는 남자의 뒤를 따라 걸었다.

그 길은 내가 가끔씩 산책을 하는 길이었다. 봄여름가을 동안 내내 피어나던 장미는 까맣게 메말라 있었다. 게중에 난데없이 두어 송이 붉은 꽃을 피워 낸 것들이 눈에 띄었는데, 꽃송이가 기형적으로 작았다. 이 겨울에 장미라니.

나는 앞에 가는 남자의 낡은 운동화 뒤축을 보면서 줄곧 생각했다. 지금 내가 저 사람을 따라가고 있는 건지 산책을 하고 있는 건지 모르겠다고!

남자는 뒤를 한 번 돌아보고 나서 차가 다니는 길로 벗어났다. 공교롭게도 그는 내가 사는 아파트 쪽으로 향했다. 남자의 인상이 인간미 있어 보인다거나, 싸가지 없어 보인다거나, 헤퍼 보인다거나, 그런 것들을 짐작할 수 없을 만큼 날이 어두웠다.

나는 남자의 뒤를 계속 따라갔다. 앞서 걷던 남자가 편의점으로 들어가더니 담배를 사가지고 나왔다. 이번에는 남자가 내 뒤를 따라오는 꼴이 되었다. 남자와 나는 엘리베이터 앞에 나란히 도착했다.

여기 살아요?

내가 말을 건넸다.

아니오. 어머니가 살아요.

남자가 대답했다.

공원을 세 바퀴나 돌았으니, 남자를 만난 지 삼십 분이 지났을 텐데 그제야 남자의 얼굴이 똑바로 보였다. 사십 이쪽저쪽으로 보이는 남자는 정이 안 가는 인상이었다. 어딘지 화가 난 듯한 그의 표정 때문일 거라고 생각했다.

남자와 나는 9층에서 함께 내렸다.

내가 집 앞으로 걸어가는 동안, 남자는 복도 창밖으로 고개를 내밀고 아래를 내려다보았다.

어머니가 집에 안 계시나 봐요?

나는 남자를 돌아다보며 물었다.

아, 아니오 그게 아니라.

그거 나랑 같이 마실래요?

예상했던 대로 남자는 당황스러운 표정을 지었다.

아, 이거요?

남자는 자기가 맥주를 들고 있는 사실을 잊은 것처럼 새삼스럽게 비닐봉지를 벌리고 안을 들여다보았다. 그러더니 쭈뼛거리며 나를 따라 안으로 들어섰다. 들어와서는 고개를 디밀어 집 안을 살폈다.

왜요? 이상해서요?

아니요. 그게 아니라.

남자는 그제야 미적미적 신발을 벗고 안으로 들어왔다.

나는 진열대에서 유리컵을 꺼내 탁자에 올려놓고, 냉장고에서 사과를 꺼내 남자 앞에 갖다 놓았다.

사과 잘 깎아요?

아, 예.

남자가 과도를 집어 들고 사과를 깎기 시작했다. 그는 사과 껍질이 끊기는 것 따위는 신경 쓰지 않았다.

우리는 마주 보고 앉아 그는 맥주를 마시고 나는 사과를 먹었다.

날 한 번 안아 줄래요?

나는 남자의 얼굴을 빤히 보며 말했다.

네?

남자는 역시 황당한 표정을 지었다.

왜요? 내가 이상해서 그래요?

아뇨, 그게 아니라.

남자가 말문을 흐리며 머뭇거렸다.

무슨 일이 있으세요?

남자가 방 안을 두리번거리며 심각하게 물었다.

아무런 일도 없어요. 내 팔을 한 번 부러뜨려 볼래요?

왜 그러세요 정말? 무슨 일인데요?

나한테 아무 일도 일어나지 않는 게 지겨워서요!

남자에게선 어떤 상황에도 내 몸과 밀착하지 않겠다는 의지와 뭔가를 애써 찾는 듯한 간절함이 동시에 느껴졌다.

그의 시선은 내 몸 어디에도 오래 머무르지 못했다. 아무래도 늙은 내 몸을 께름칙하게 여기는 듯했다. 그의 온몸에서 그런 것들이 느껴졌다. 그는 살아가면서 두고두고 후회할 일을 만들지 않겠다는 의지가 역력해진 눈빛을 반짝거리며 말했다.

요가 같은 걸 한번 해 보세요. 저희 어머니도 한동안 우울증이 심했는데 그거 하면서 좋아지시던데요.

남자는 자리에서 일어나 그렇게 충고하고 밖으로 나가 버렸다.

10

새벽 다섯 시에 잠이 깬 나는 복도로 나와 차들이 빼곡히 들어선 주차장을 내려다본다. 106동 쪽에서 털모자를 쓴 노인이 개를 끌고 아파트 후문 쪽으로 걸어가고 있다. 노인의 걸음걸이가 힘찬 게 이른 산책을 나선 듯하다. 백 살까지 살려고 마음먹은 사람인 모양이다.

엘리베이터 앞에는 얼마 전 아파트 내에서 발생한 성추행범의 사진과 그에 관한 주의사항을 첨부한 안내문이 붙어 있다. 모자로 얼굴을 가린 고등학생처럼 보이는 범인은, 약간의 광택이 있고, 어깨선에 흰색 라인이 들어가 있는 바람막이 점퍼를 입고 있다.

그는 늦은 시간 정문 쪽보다 사람의 통행이 잦은 아파

트 후문 쪽에서 서성거리다가 새벽 늦게 귀가하는 여성을 대상으로 삼았을 거라고 추측한 안내문이다. 안내문 하단에는 관리실에서 CCTV 영상을 판독한 내용이 적혀 있다.

후문 입구 쪽 카메라의 반경이 시작되는 위치에서부터 한 남자가 여자의 뒤를 따르고 있었고, 엘리베이터 앞에 도착해 그가 바지춤을 내리고 자신의 성기를 꺼내 놓았으며, 엘리베이터에 올라서 여자의 원피스를 들추고 엉덩이를 쓰다듬다가 여자가 기겁을 하여 4층에서 내리고 난 후, 5층에서 내리는 걸로 모습을 감췄기 때문에 그가 처음 나타난 곳과 사라진 곳이 확실하지 않다고 되어 있다.

안내문을 읽는 동안 노인은 후문을 빠져나갔는지 보이지 않는다. 나는 비상계단을 통하여 10층으로 올라간다.

층계참은 큰 창틀이 있어 바람이 잘 통하는데도 밤새 비가 와서 그런지 심하게 눅눅하다. 9층 층계참에선 대낮에도 사람을 마주치는 일이 드물다. 계단 난간에 자전거를 묶어 놓는 바로 옆집 계집아이와는 가끔 마주친 적이 있다.

낯빛이 발그레한 게 생기가 있고, 걸음걸이가 날 듯 경쾌한, 약간 심술궂어 보이는 아이였다. 그러고는 917호에 사는 고령의 노인이 천으로 된 체크무늬 실내화를 신은 채 복도로 나와 지팡이를 짚고 살금살금 걸어 다니는 걸 몇 번 보았다.

한번은 노인과 눈이 마주치게 되었는데, 사람을 생전 처음 본 사람마냥 나를 빤히 쳐다보는 바람에 내가 얼른 고개를 숙였다. 그때 나를 질리게 한 노인의 황갈색 눈빛은 아마 마지막 주마등 속에서도 떠오를 것이다.

그 후로도 노인의 메마른 발등에 있는 갈색 반점들과 두꺼운 발톱이 느닷없이 떠오르곤 했다. 사람의 망가진 부분을 잘 발견하는 것은 나이가 들어가며 나타나는 현상 중 하나다.

나는 층계참을 한 칸 한 칸 내려가 건물 뒤편 주차장으로 걸어간다. 잎이 하나도 없는 나무들이 살아 있다는 표시를 내듯 작게 흔들리고 있다. 까이고 찌그러진 트럭 옆에 내 빨간색 경차가 서 있다. 19호 라인 쪽이 환해지더니 건물 모퉁이에서 플래시를 든 경비원이 나타난다. 나는 그를 피해 도망치듯 엘리베이터를 타고 10층으로 올라간다.

1011호 앞에 이르러 현관문에 귀를 가져다 댄다. 시도 때도 없이 아래로 뭘 빻는 소리를 내려보내고, 늦은 시간에 잘잘 물소리를 내는 그 집에선 아무런 소리도 들리지 않는다. 옆집들도 모두 고요하다.

혹시 무슨 소리라도 들을 수 있으려나 해서 나는 숨을 죽인 채 귀를 기울인다. 십 분, 십육 분, 십팔 분……이십 분이 흐른다. 나는 초인종을 누르고 만다. 안에서는 반응이 없다. 한 번, 두 번, 세 번 눌렀는데도 고요하다.

나는 발작하듯 연거푸 초인종을 눌러댄다.

누구세요?

환청처럼 희미한 목소리가 안에서 새 나온다.

누구시냐구요?

사나운 여자의 목소리가 들린다.

나는 급히 비상계단으로 몸을 숨기고, 9층과 10층 층간을 서성거린다. 누군가 또 통로에 의자와 텔레비전을 내놓았다. 나는 의자에 살그머니 앉는다. 말짱해 보이던 의자가 기우뚱 흔들리며 삐그덕, 소리를 낸다. 어느 부분인가 헐거워져 균형이 틀어진 모양이다.

혹시 이 물건들 어느 집 건지 모르세요?

지하주차장에서 나와 계단으로 올라온 경비원이 층계참에 버려진 텔레비전과 의자에 플래시를 비추며 나를 빤히 바라본다.

모르겠는데요.

누가 이런 짓을 하는지 도대체.

난 모르는 일이에요.

사람들도 참. 담배꽁초를 여기다 버리면 어떡하자는 거냐고.

내가 그런 거 아니에요.

경비원은 담배꽁초를 주워 들고 투덜거린다.

내가 그런 거 아니라니까요. 그 남자가 그랬을 거예요. 어젯밤에 어떤 젊은 남자가 거기 서서 담배를 피우는 걸 내가 봤어요.

사람들이 참.

경비원은 담배꽁초를 버린 사람이 나라고 믿는 눈치 다.

그는 무언가를 찾아내려는 듯 계단 곳곳에 플래시를 대고 샅샅이 살핀다. 눈동자가 흐리멍덩해서 더욱 집요해 보인다.

나는 경비원을 똑바로 보지 못한다. 지난번 방을 치우다가 털이 닳을 대로 닳아 더러워진 얼룩말 인형을 일반봉투에 담아 쓰레기 더미 위에 슬쩍 버렸던 기억 때문이다. 내가 쓰는 종량제 봉투는 덩치 큰 말 인형을 담기엔 너무 작았다. 그때 경비원은 유리창 너머에서 꾸벅꾸벅 졸고 있었다.

**이 물건은 관급봉투에 넣어서 버려야 하는 물건입니
다. 주인은 속히 처리해 주십시오.**

그렇게 써 붙인 말 인형이 분리수거함 옆에 며칠 동안 놓여 있었다. 그런 사실을 모두 알고 있다는 듯, 경비원은 피로와 불만이 가득 쌓인 눈빛으로 나를 계속 흘끔거린다.

내가 그런 거 아니라고 했잖아요.

그런데 여기서 지금 뭐하세요?

경비원은 끝까지 투덜거리며 엘리베이터를 타고 내려간다. 1층에서 내린 그가 경비실로 들어가고 난 후, 경비실 불빛이 환해진다.

어디선가 무슨 곡인지조차 알 수 없는 피아노 연주가 층계참으로 흘러나온다. 날이 뿌옇게 밝고 있다.

나는 벽에 몸을 딱 붙이고 선 채 어김없이 밝아오는 아침을 맞는다.

토요일, 날을 꼬박 샌 나는 무거운 몸으로 오전에 있는 봉사활동을 마치고 아파트 주차장에 도착했다. 머릿속이 텅 비어 있다고 생각했는데, 집에 쓰레기봉투가 떨어진 사실이 용케도 떠올랐다.

어젯밤 나는 자다 일어나 집 청소를 했다. 봉지 안에 마구 버린 쓰레기들을 방바닥에 몽땅 쏟아 놓자, 구긴 종이, 카트리지 포장지, 약이 다 닳은 볼펜, 티슈 뭉치 같은 것들이 꾸역꾸역 쏟아져 나왔다. 관급봉투가 떨어진 지 일주일째다.

나는 주차장에 차를 세워 놓고 '다이소' 쪽으로 걸어가다가 길거리 장터에서 열 개들이 달걀 한 팩을 산다.

맛있을까요?

나는 도시락 김을 집어 들고 아이를 여럿 낳았을 것 같은 여자에게 묻는다.

억수로 맛있어요.

여자가 대답한다.

그 도시락 김이 맛이 없다는 사실을 나는 잘 알고 있지만, 여자의 말에 고개를 끄덕이고 나서 값을 치른다. 반찬가게에 들러 방풍나물 장아찌와 메추리알 장조림을 조금씩 사가지고 생필품가게로 들어간다.

삼천육백 원이에요.

쓰레기봉투 묶음에 바코드를 찍은 점원이 말한다.

지금 돈이 삼천 원밖에 없는데 어쩌죠?

지갑을 벌리고 서 있는 나를 빤히 바라보던 남자는, 익숙한 손놀림으로 다른 손님이 골라다 놓은 물건에 바코드를 찍기 시작한다.

나는 맛없는 도시락 김을 괜히 샀다고 후회하면서 생필품가게를 벗어나 거래은행으로 간다. 돈을 찾아 은행을 나와 극장으로 향한다. 극장은 상영시간 오 분 전까지 관객 열 명을 넘기지 못한다.

막 영화가 시작되려는데, 중년의 여자가 다가오더니 내게 표를 내밀어 보인다. 내가 빈자리들을 쓱 훑어보는 동안, 여자는 자리를 비켜 주길 기다리고 서 있다. 하는 수 없이 여자에게 자리를 내주고, 바로 그 뒷좌석에 앉아 스크린보다 그녀의 납작한 뒤통수를 주로 쳐다보다가 영화가 끝나기 전에 밖으로 나온다. 계단을 내려서다가 갑자기 몸이 휘청거려 그 자리에 잠시 그대로 주저앉아 있었다.

길로 나선 나는 택시를 잡으려다 말고 극장 맞은편에 있는 예식장으로 간다. 봉투를 얻어 신부 측에 축의금을 내고 식권을 받는다. 축의금 받는 남자가 금액을 확인하고 나더니 내 얼굴을 뚫어져라 쳐다본다.

왜요?

아뇨.

남자가 내미는 식권을 받아 화장실에 다녀온 사이 결혼식이 끝났는지 사람들이 우르르 몰려나온다.

나는 사람들 속에 섞여 식당으로 간다. 식당 입구에 식권을 받는 남자가 서 있다. 남자 앞에서 나는 가방과 양 주머니를 몽땅 뒤지기 시작한다. 뒤에 줄 선 사람들이 이상한 눈초리로 나를 한 번씩 쳐다보고 나서 안으로 들어간다.

한참 후, 나는 식권을 버린 사실을 깨닫는다.

식권을 버렸는데요.

식권 받는 남자가 곤란한 표정을 짓는다.

식권을 잃어버린 사람은 밥을 못 먹는 건가요?

나는 따지듯이 묻는다.

남자가 웃으면서 꼭 그런 건 아니라고 대답한다.

나는 화장실로 식권을 찾으러 간다. 장애인 전용 화장실에서 누군가 담배를 피우고 있다. 피어오르는 연기를 보자, 식권을 거기 버린 기억이 난다. 휴지통에 구겨 던졌던 게 생각난다. 아직도 공중화장실에서 담배를 피우는 사람이 있다니.

불과 몇 년 사이 갑작스레 벌어진 금연 운동을, 사람들은 기다렸다는 듯 흡수하고 동조하여 말도 안 되는 금연 문화를 떡하니 만들어 놓았다. 한참 동안 기다리자, 팔다리가 멀쩡한 여자가 나온다. 나는 여자를 향해 최대한 친근하게 보일 미소를 지어 보이고 나서 안으로 들어가 휴지통을 뒤진다.

축축한 화장지들을 들추자, 하늘색 식권이 나온다. 식권을 들고 식당으로 내려간다. 식권 받는 남자가 어딜 갔는지 자리에 없다. 나는 식권을 쥐고 서서 남자를 기다린다. 식권도 안 내고 밥을 먹는 사람으로 보이고 싶지 않아 남자가 나타나기를 기다리기로 한다.

입구 쪽 테이블에 앉은 사람들에게 식권 받던 남자가 어딜 갔는지 묻는다. 사람들이 그냥 들어와 식사를 하라고 말한다. 뒤늦게 남자가 나타난다. 나는 눅눅한 식권을 남자에게 건네고 안으로 들어가 초밥 몇 덩이를 접시에 담는다. 와사비간장을 넉넉히 따른 후 락교 세 알, 호박죽 조금, 열무김치 세 가닥, 방울토마토 두 알, 청양고추 한 개, 쌈장 약간을 그릇에 덜어 모르는 사람들 틈에 끼어 앉는다.

한 테이블에 앉은 사람들은 서로 다른 사람의 그릇에 담긴 음식들을 물끄러미 바라보며 묵묵히 식사를 한다. 조금 있으니 한복으로 갈아입은 신랑 신부가 식당으로 들어온다.

신랑 신부는 우리가 앉은 자리를 그냥 지나친다.

초밥 먹을 만해요?

음식을 오래 씹고 있던 남자가 묻는다.

나는 그런대로 먹을 만하다고 대답한다. 남자가 자리에서 일어나 초밥을 가지러 간 사이 식당을 나온다.

집에 도착해서야 쓰레기봉투 사는 걸 깜박하고 여러 곳을 헤매다 돌아온 사실을 깨달았다. 나는 일반봉투에 든 쓰레기를 들고 밖으로 나갔다. 그 시간이면 분리수거를 하고 있을 경비원이 보이지 않았다.

경비실 문에는 커다란 자물쇠가 채워져 있었다. 분리수거 통 옆에 쓰레기를 던져 놓고 도망치듯 집으로 올라와 면봉을 꺼내 귓속으로 깊숙이 밀어 넣었다. 갑자기 진저리가 나게 가렵기 시작한 귓속은 면봉이 닿자 더욱 심하게 가려웠다.

누군가 초인종을 눌렀다. 경비원이 쫓아 올라온 건가?

나는 숨을 죽인 채 문 쪽을 노려보았다. 방문자는 집요하게 초인종을 누르더니 나중에는 문을 서너 차례 두드리다가 말없이 돌아갔다.

한 시간쯤 후, 또 누군가 찾아왔다. 이번 방문자는 뭐라고 소리쳤는데, 가스점검이에요, 한 건지, 소독요, 한 건지, 택뱁니다,라고 한 건지 정확히 알아들을 수 없었다. 다음 달 필독서가 도착할 시기이긴 했지만, 배송 안내 문자를 받지 못했으므로 책을 가져온 택배기사일리는 없었다. 한참 후, 옆집, 그 옆집쯤에서 가스 점검요, 라고 외치는 소리가 들려왔다.

그날 저녁, 늘 고요하기만 한 내 집 초인종이 또 울었다. 이제 나는 더 이상 영험한 흰색 팬티도 입고 있지 않았다. 내가 당장 죽는대도, 오늘밤 광일 씨가 내게 올 수 없는 명확한 사실에 나는 몸서리쳤다. 이제 막 시작된 길고도 잔혹한 밤이 지나고, 내일 오후가 되어야만 비로소 광일 씨가 나와 같은 하늘을 보게 될 것이기 때문이었다.

계세요?

방문자의 목소리는 간신히 들릴 정도로 작았다. 그는 초인종을 딱 세 번 누른 후 문을 탕탕 두드렸다.

누구세요?

나는 반사적으로 문 쪽으로 다가갔다.

저기요?

네?

네, 지난번에.

누구신데요?

네, 저예요. 저번에.

문을 열었다.

남자는 그때처럼 손에 맥주를 들고 있었다. 문밖 기척에 원래 무심한 내가, 누구세요? 라고 화들짝 반응한 그 순간, 나는 이미 남자의 목소리를 알아채고 있었다.

걱정이 돼서요.

남자가 말했다.

들어올래요?

남자는 멋쩍은 얼굴로 안으로 들어서서 방 안을 두리번거렸다.

논술 선생님이셨나 봐요?

책꽂이에 꽂힌 회원카드 파일들과 수업일지, 책상에 쌓인 초등학생 필독서들, 지침서 등을 바라보던 남자가 의아한 얼굴로 물었다.

괜찮으세요?

남자는 맥주 컵을 꺼내 좌탁 위에 올려놓는 내 얼굴을 빤히 쳐다보았다. 그는 지난번보다 말쑥했다. 목욕탕이라도 다녀온 모양이었다.

안 괜찮다면 어쩔 건데요?

저번엔 정말 죄송했어요.

남자는 내가 꺼내다 놓은 사과를 깎기 시작했다.

가족들은요?

그는 내 대답과 상관없이 스스로 짐작할 수 있는 것들을 계속 물어봤기 때문에, 나는 그의 질문에 대답할 필요를 느끼지 못했다. 오로지 그가 내게 물어보는 모든 질문의 답이 광일 씨의 광대뼈나 앙상한 손마디, 고르지 못하고 위아래로 삐쭉삐쭉 뻗친 눈썹 같은 것인 양, 내 머릿속에는 광일 씨만 있었다.

낮에 사 온 도시락김 두 팩을 꺼내 남자와 마주 앉았을 때, 광일 씨에게서 전화가 걸려 왔다. 집에 다른 남자를 불러들인 사실을 알고 있기라도 하듯, 그는 다른 때보다 끈질기게 전화통화를 시도했다.

안 받으세요?

얼마 전 돌아가신 어머니 이야기를 막 꺼내 놓던 남자가 사과 한 조각을 입으로 가져가며 전화기를 유심히 바라보았다.

액정에서 '최광일 국장님'이 사라지고 잇따라 광일 씨
의 문자가 도착했다.

떠난 날부터 나와 한 번도 통화할 수 없었던 사실에 대
한 아쉬움과 걱정이 담긴 긴 문자였다.

나 없는 사이 새 애인이라도 생긴 건가.

음식이 입에 맞지 않아 죽을 맛이고, 새콤한 골뱅이 무
침과 내 침대가 미치도록 그립다는 내용 뒤에는 그런 문구
도 있었다. 농담으로 가장한 나에 대한 그의 의심이 드러
난 문장이었다. 지금 그가 있는 곳은 메시지 교환이 가능
한 곳이며, 아침을 먹고 출발하기까지 두 시간 정도는 거
기 머물 거라는 내용과 함께 연락 기다리겠다는 추신이 도
착했다.

연락 기다릴게.

그 뜻은 내가 지금 어디서 뭘 하고 있는지 말해 달라는
의미였다.

왜 통화를 할 수 없는지, 그 이유가 바로 딴 남자랑 함께 있으면서 그를 따돌리는 상황이 아닌가, 하는 의심이기도 했다.

광일 씨를 알고 난 뒤부터 나는 오로지 주인을 기다리는 애완동물처럼 지내왔기 때문에 그런 식의 그의 의심이 위안이 될 때도 있었다. 내 내면 한 지점에 샛노란 마조히즘적 욤이 돈는 걸 느꼈으나 크게 신경 쓰지 않았다.

나를 알고 있는 사람들 중 내가 다른 남자를 만날 수도 있다고 믿는 사람은 광일 씨뿐이다. 내게 언제든 딴 남자가 생길 수 있다는 자신의 생각을 그는 간혹 내비치곤 했다. 동창을 만나 밥을 먹는 일에도 파르르 화를 냈다.

나는 그런 그의 태도를 은근 즐겼다.

밖이야?

연달아 문자가 들어왔다.

그가 약간 흥분한 상태라는 걸 알아챈 나는 살짝 기분이 들떴다. 그를 향해 배짱도 생겼다. 새로 만난 남자와 집에서 맥주를 마시고 있다고 답을 보내고 싶은 충동이 일었다.

그 사람은 아직 자고 있어. 난 밖이고.

벨을 아예 무음으로 돌려놓으려다가 눈에 들어온 문자를 본 순간, 내 안에서 수백 년 묵힌 듯한 지독한 오기가 발동했다.

당신 아내가 자고 있든 깨 있든 궁금하지 않아. 난 어린 남자랑 함께 있어.

나는 애타게 내 연락을 기다리고 있을 광일 씨에게 손가락을 덜덜 떨며 그런 답을 보냈다.

그것은 광일 씨가 현자 씨와 함께하는 동안, 그의 신변에 어떤 영향도 미치지 않을 안전한 틈에, 안전한 장소를 골라, 현자 씨의 비위를 건드릴 염려가 조금도 없을 상황에만 내게 가끔씩 시도한 전화 통화와 문자에 대한 서운함을 가장 극명하게 드러낸 정확한 답이었다. 그러나 내 경솔함을 나는 곧 후회했다.

그가 쓴 문자를 다시 읽는다. 어느 호텔 로비나 주차장 같은 데를 서성거리며 이국의 차가운 새벽을 느끼고 있을 그가 가여워진 것도 사실이다.

불쌍한 광일 씨는 오늘도 현자 씨에게 최선을 다할 것이다. 느끼한 걸 질색하는 그가 현자 씨의 입맛을 고려하여 아침 메뉴를 고를 것이고, 오래 걸어 지친 현자 씨의 배낭을 메고 그녀의 손을 이끌어 줄 때도 환한 미소를 얼굴에 띠울 것이다. 그 이유는 이제 나를 만날 시간이 가까워져 그의 기분이 나아졌기 때문일 것이다. 여보, 하고 현자 씨를 다정하게 자주 부르는 것도 나를 편안하게 만나기 위한 준비일 뿐일 것이다. 여행에서 돌아와 나를 만나러 달려올 때 현자 씨의 의심을 피하려고 그는 최선을 다하고 있는 것이다. 그가 현자 씨와 헤어질 생각을 하지 않는 이유는 그녀를 죽도록 사랑해서도 아니고, 아이를 낳고 산 부부여서도 아니고, 그런 식으로 현자 씨를 속이며 견딜 수 있기 때문일 것이다…….

나는 전화기를 꺼 두지 못한 걸 후회한다.

남자는 내 복잡한 마음을 모두 읽었다는 듯 입을 꾹 다물고 앉아 내 눈치를 살폈다.

이름이 뭐예요?

나는 물었다.

김영준요.

집은요?

저기, 9층 맨 끝 집요. 한 달 전에 이사 왔어요. 어머니 돌아가시고 이쪽으로 옮긴 거예요. 갑자기 함께 살던 가족이 사라지고 난 후에도 이사를 가지 않고 그 집에 죽 사는 사람들이 이해가 안 가요. 그게 가능할까요?

그는 고개를 갸웃거렸다.

어머니가 산다더니?

죄송해요. 그때는.

남자는 나와 아무런 상관이 없는 사과를 거듭했다.

맥주를 조금만 더 사 오겠다고 그가 밖으로 나간 사이에도, 나는 현자 씨와 마주 앉아 입맛에 맞지 않는 아침식사를 하고 있을 광일 씨를 생각했다. 광일 씨를 더 이상 원망하지 않기 위해 이야기가 됐건, 뭐가 됐건, 남자와 오늘밤을 잘 보내 보려고 안간힘을 쓴 게 금세 허사가 되고 만다. 한 번 방향이 틀어진 생각은 마치 머리를 짓눌린 짐승의 몸부림처럼 막무가내다.

광일 씨는 식사를 제대로 하지 못하는 현자 씨를 걱정스런 눈으로 바라볼 것이다. 어젯밤 그들은 밤늦도록 자지 않았던 게 분명하다. 내가 보기에 광일 씨는 사람의 몸에 붙은 살을 부나 권력의 상징으로 생각하는 진부한 경향이 있는 사람이다.

그런 면에서 볼 때, 그는 나와 자신의 몸처럼 말라비틀어진 몸보다 살집이 좋은 현자 씨의 몸을 더 좋아할 사람이다. 그는 어젯밤 숙소에 도착해서 침대에 퍼진 현자 씨를 욕실로 안내했을 것이다. 자상한 그는 간극의 차이로 물이 뜨거워졌다 차가워져서 수온 조절이 어려운 수도꼭지를 직접 틀어 주며, 현자 씨에게 세세한 주의를 줬을 것이다. 그녀가 씻고 나왔을 때는 등에 남은 물기를 닦아 주었을 것이고, 지방층이 두꺼워 아직은 만질 게 있는 그녀의 가슴과 허벅지 위에 가벼운 다리를 걸치고 누워 그날 구경한 여행지에 대한 이야기를 나누었을 것이다.

나와 예사롭게 하는 많은 것들이 그녀와는 잘 되지 않는다고 그는 수없이 내게 말했지만, 그가 유독 낯선 분위기를 좋아하고, 일주일을 그냥 넘기지 못하는 사람이란 걸 내가 누구보다 잘 안다.

나보다 털이 더 많아.

광일 씨는 기억조차 못하겠지만, 언젠가 그가 무심코 던졌던 그의 말이 비수보다 날카롭게 나를 찌른다.

절반은 지쳐 소멸되고, 안간힘으로 남은 것 중 일부는 희어진, 내 그것과 색다른 것을 마치 처음으로 발견한 사람처럼 쓰다듬다가 무슨 짓이든 했을 것이다.

맥주를 사러 나간 남자는 생각보다 시간이 걸렸다. 나는 전화기를 열어 보았다. 벨소리를 죽인 후로도 광일 씨는 전화를 세 번이나 더 걸었다.

어젯밤 몇 시에 잤어?

나는 격분한 나머지 그에게 문자를 날렸다.
곧바로 다시 전화가 걸려 왔다. 그 전화를 받지 않는 것이 내 이성의 마지막이었다.

거의 못 잤어.

나는 초인종이 울리고 있는 사실을 뒤늦게야 깨달았다. 전화벨을 무음으로 해 놓고도 초인종 소리를 전화벨로 착각했기 때문이었다.
왜 이렇게 늦었어요?
요 앞 편의점으로 곧장 다녀왔는데요.
남자가 사 온 오징어랑 맥주를 탁자 위에 꺼내 놓았다.
그 사이에 나는 광일 씨와 현자 씨가 엉킨 장면을 떠올려 버렸고, 거짓말 좀 작작하라는 문자를 꾹꾹 눌러써서 전송하고 말았다.

내 팔을 좀 부러뜨려 달라니까요.

나는 전화기를 침대 위로 내던졌다.

도대체 무슨 일인데 그러세요?

남자는 어쩔 줄을 몰라 했다.

어릴 적 남의 집 밥도 못 먹던 나는 도대체 어디로 갔단 말인가.

내가 살던 객사리에선 어느 집에서 회갑잔치가 열리거나 집 안 누군가의 제사가 있으면, 온 식구들이 모두 그 집으로 몰려가서 밥을 먹는 관습이 있었다. 그때마다 남의 집 음식을 입에 대지 못했던 나 때문에 어머니는 골치를 앓았다. 매번 내 밥을 따로 해 먹이고 가야 했기 때문이었다. 어머니는 그때마다 다른 집 음식도 내 집에서 만드는 거랑 다를 게 하나도 없다고 귀에 못이 박히게 일렀다. 화가 날 때는 그렇게 까탈을 피우면 나중에 팔자가 사나워진다며 내 앞날을 악담했다.

그러나 나는 끝내 남의 집 음식을 먹는 걸 거부했고, 남의 집 음식을 먹을 수 있기 위한 어떤 시도조차 하지 않았다. 남의 집 음식을 안 먹으면 된다고 생각했으니까. 그랬던 내가 남의 걸 갖지 못해 이렇게 지랄을 떨게 되다니. 내

의도와 무관하게 자꾸 추잡해지는 내 모습에 나는 치를 떨었다.

끝내는 나를 어른 취급하며 꼬박꼬박 존댓말을 쓰는 젊은 남자 앞에서 애처럼 발을 뻗고 앉아 울부짖기 시작했다. 내 울분이 격해질수록 광일 씨는 나를 옴짝달싹 못하게 꽉 붙들고서 놔주질 않았다.

나이가 들어 내가 노망이 난 거예요.

어쩔 줄 몰라 하며 나를 빤히 바라보고 있던 김영준이 옆으로 다가와 내 등을 쓰다듬었다. 그 와중에도 그는 내 몸과 일정한 거리를 유지하는 걸 소홀히 하지 않았다.

목울대에서 꺽꺽거리는 울음소리가 잦아들 즈음, 광일 씨에게 보낸 문자가 후회스러워지기 시작했다. 짧은 문장 속에 담긴 내 비난과 원망을 그가 눈치채지 못하길 나는 바랐다.

11

우습죠 내 꼴이?

그게 아니라.

김영준은 내가 듣기에 거북한 말을 꺼내려 할 때마다, 따뜻한 방 안 공기 때문에 갈변한 사과를 한 조각씩 집어 먹었다.

요즘은 황혼의 사랑을 빙자해 유산을 노리는 사람들이 있대요. 특히 혼자 사는 사람들은 외롭기 때문에 누가 봐도 빤한 걸, 당사자만 모른 채 그 덫에 걸리고 만대요. 나이가 들면 지혜가 느는 게 아니라 실수가 많아지는 법이라면서요. 저희 어머니가 늘상 그러셨어요. 사람은 어느 나이까지 철이 들다가 철이 다 든 그 순간부터 시작해 다시

서서히 애가 되는 거라고요.

그가 천천히 사과를 깨물며 말했다.

꽤 많은 맥주를 마시고도 흐트러짐 없이 옳은 말만 따박따박 하고 앉아 있는 그가 불쾌하다 못해 두렵기까지 했다.

광일 씨와 시작할 무렵, 나도 한 번쯤 생각해 봤던 일들이어서 그의 말들이 더 거슬렸다. 가진 것도 없어요 난, 하고 말하려다 보니까 나는 가진 게 좀 있었다.

그 사람은 그런 사람이 아니라는데 왜 자꾸 그래요.

답답하네요 정말, 원래부터 그런 사람이 어딨어요?

그는 나를 소갈머리 없는 늙은이라고 여기고 있는 게 분명했다. 비웃는 쪽이라기보다는 걱정하는 태도였고, 광일 씨를 순수하게 이해할 생각은 털끝만큼도 없어 보였다.

생각이 왜 그렇게 부정적이에요? 내가 그 사람을 끌어들였다니까요.

나는 그에게 광일 씨를 선택하고 접근했던 내 의도를 말해 줄까, 잠시 망설였다. 우리는 아름다운 머리카락과 달달한 피부 냄새 같은 것이 먼저 부딪쳐 마음 깊숙한 곳에 이르지 못하는 관계와는 달리 서로 깊은 생각이 있다고 말해 주고 싶었다. 너무 많은 걸 경험하고 알아 버려서, 처음부터 상대가 무슨 생각을 하고 있는지를 금방 알 수 있어서, 여기까지 온 거라고.

그러나 이제 서른아홉 됐다는 젊은이의 현명하고 냉철한 사고를 꺾어 놓을 만한 근거가 내겐 없었다.

제가 볼 때 그분은 좀 이상해요. 집에 함부로 들어온 적도 있다면서요. 그건 엄밀히 따지면 범죄에요 범죄 ······.

젊은 사람이 왜 모든 걸 그렇게 삐딱하게만 봐요. 집에 들어와 뭘 훔쳐간 것도 아니고, 도통 뭘 해 먹지 않는 나를 위해 먹을 걸 사다 놓고, 어수선한 집을 치워 준 것뿐인데 그게 어떻게 범죄냐고?

나는 소리를 지르고 말았다.

언젠가 광일 씨가 너무 아무렇지 않게 내가 없는 사이 내 집에 드나들게 된 사실을 털어놓았을 때, 복잡하게 얽히고 들던 내 감정들을 재검토하듯 김영준이 정확히 꼬집고 나섰기 때문이었다.

그의 지나치도록 명확한 추측이 두렵다 못해 나는 화가 났다.

죄송해요.

우리 일로 열을 올리던 김영준이 포기한 듯 말꼬리를 잘랐다.

내 말을 자세히 좀 들어 봐요. 그게 그러니까……

광일 씨가 처음으로 내가 없는 빈집에 왔던 날은 그가 법원에 다녀온 날이었다.

판사의 입을 통해 흘러나오는 내용은 오래전 자신이 겪은 일이 확실했지만, 아무리 생각을 해 봐도 억울한 상황이었다고 광일 씨는 고개를 흔들었다.

최광일 씨는 유승호와 공모하여 유승호의 병역을 기피시킨 사실이 있죠?

판사님, 공모라니요. 저는 맹세코, 부모의 사랑을 받지 못하고, 시설의 생활지도원들에 의해 보호, 양육된 불운한 아이의 입장에 서서 일을 처리했을 뿐입니다. 유승호는 그의 할머니가 군청에 의뢰하여 정식으로 소망원에 입소한 아동이었고, 그는 십 년 동안 정부가 시설에서 생활하는 아동들에게 지원하는 경제적, 문화적 혜택을 모두 받고 자란 아이입니다. 당연히 군 복무 면제가 가능한 대상이 아닌가요? 그런데 공모라니요?

유승호는 소망원에 입적만 해 둔 상태였지, 정작 생활은 그의 할머니 집에서 하지 않았습니까? 바로 그게 문제에요.

판사님, 그 당시 저는 유승호가 군대를 가지 않는다는

것이 위법이 된다는 사실을 추호도 모르고 있었습니다. 입적서류를 근거로 하였고, 유승호는 합법적으로 병역을 면제 받을 자격이 있다고 판단한 것입니다.

모르고 저지르는 죄도 죄는 죄입니다.

광일 씨는 일인이역을 하는 연극배우처럼 칠 년 전의 일로 법원에 갔던 상황을 자세히 들려주었다. 시설에서 성장한 청년을 도우려 했던 일이 느닷없이 불거져 하루아침에 범죄자란 오명을 쓰게 되었다며 그는 억울해 했다.

그는 법원에 다녀온 그날 저녁, 별것 아닌 일로 아내와 다투고 무작정 집에서 나왔다. 입던 채로 나왔고, 할 수 있는 일이 발길 가는 대로 걷는 것뿐이었다. 원망, 후회에 해당하는 감정들이 무질서하게 머릿속을 드나들었다.

그는 차도와 담벼락뿐인 곳에서 비를 만났다. 몸이 반쯤 젖어서야 우산을 살 수 있었다. 택시에서 내려 먹자골목으로 들어서려다 스터디를 마치고 회원들과 뒤풀이 장소로 향하던 나를 보았다. 우리가 자주 가는 전집에 자리를 잡고 앉는 걸 보고 나서 그는 곧바로 내 집으로 갔다고 고백했다.

특수문자 하나 없이 단순한 비밀번호를 누르자 문이

열렸고, 그는 오랜 여행 끝에 집이 몹시 그리웠던 사람처럼 성큼 집 안으로 들어서서 내 빨간색 운동화를 가지런히 해 놓고 그 옆에 구두를 벗었다.

방 안으로 들어선 그는 좌탁에 어수선하게 늘어진 사진들 중 털모자를 쓴 소녀가 갈색 고양이를 등에 업고 있는 사진을 한참 동안 들여다보았다. 하늘색 담요에 푹 싸인 고양이는 금방이라도 거센 발길질로 소녀의 등을 박차고 달아날 태세였다. 낡은 스웨터를 입은, 일곱 살쯤 돼 보이는 어린 소녀가 쌍꺼풀 없는 작은 눈을 휘둥그렇게 뜨고 있었다. 몽골계로 보이는 소녀는 그가 현직에 있을 때 어느 절에 맡겨졌다가 소망원에 입소했던 나영이를 꼭 닮아 있었다.

책장 옆 옷걸이에는 옷이 잔뜩 걸려 있었다. 거의가 빨랫감처럼 후줄근한 옷들이었다. 집 안에 떠도는 냄새는 발코니에 둔 재떨이에서 피어난 것인 듯했다. 그는 싱크대 서랍에서 비닐봉지를 하나 찾아가지고 발코니로 나갔다.

에쎄 원 0.1밀리 꽁초들 속에 굵직한 던힐 꽁초 두 개비가 섞여 있었다. 그는 담배꽁초를 일일이 한 개비씩 봉지 안으로 주워 담았다. 굵은 담배꽁초의 주인은 차츰 담배를 끊어 가는 사람이거나 담배를 두 대 정도 피울 시간

동안만 머물다 갔거나 소지하고 있던 담배가 떨어져 집주인인 내 담배를 함께 피웠던 모양이라고 그는 생각했다.

광일 씨는 꽁초를 비운 재떨이를 깨끗이 씻어 놓고 옷걸이에 겹겹이 걸린 옷가지들을 몽땅 바닥으로 내려놓았다. 옷들을 차곡차곡 정리해 걸 생각으로 벌인 일이었다. 블라우스 두 장을 옷걸이 하나에 가지런히 포개 건 다음, 베이지색 스커트를 집어 들었던 그는 스커트 앞쪽에 져 있는 동전만 한 얼룩을 발견했다. 면 셔츠들은 샴푸 냄새와 비슷한 향이 배 있긴 했지만, 입다 벗어 둔 것들처럼 모양새들이 후줄근했다. 그는 옷가지들을 둘둘 뭉쳐 세탁기가 있는 발코니로 가지고 나갔다. 빨랫감을 세탁기에 넣고 전원 버튼을 눌렀다. 담배를 한 대 피우면서 세탁기의 가동 상태를 확인한 뒤, 방으로 들어와 침대 쪽을 살피다가 쿠션에 붙은 머리카락 두 올을 뜯어냈다.

두 올의 머리카락은 결과 색이 조금 달랐다. 올이 두껍고 구부러진 건 어쩌면 성격이 난폭한 남자의 것일지도 모른다고 생각했다. 변기에 머리카락을 집어넣고 물을 내린 뒤, 대야에 담긴 핑크색 팬티를 물끄러미 바라보고 서 있었다. 한여름도 아닌데 땀에 젖은 바지가 갑자기 그의 몸을 옥죄어 왔다. 그는 옷을 홀랑 벗어던지고 대야 속에 담긴 내 양말과 팬티를 빨아 건조대에 쫙 펼쳐 널었다. 그러고도 개수대 안의 기름이 둥둥 뜬 냄비랑 젓가락을 설거지하고, 거름망에 걸린 불은 라면 발과 두껍게 깎인 오이 껍데기를 비우고, 미끄덩거리는 거름망을 철수세미로 깨끗이 닦았다. 컴퓨터 책상 옆 화장대에 놓인 몇 종류 안 되는 화장품들은 보기 좋게 세워 두고, 침대에 늘어진 책들과 다이어리, 손거울, 화장지 같은 것들을 치웠다.

광일 씨는 말끔히 청소한 방 안을 죽 훑어보았다. 원룸형태의 집이라 단출한 세간이 한눈에 들어오는 것도, 공간이 넓지 않아 아늑한 것도, 모두 마음에 들었다. 심지어 컴퓨터 책상과 침대 사이 오목하게 장판이 눌린 자국에도 정이 갔다.

빨래가 끝났다는 멜로디가 울리자 그는 건조대에 널려 있던 타월 두 장과 물방울 무늬의 브래지어와 팬티를 걷어 타월은 화장실 수납장에 가져다 넣고, 속옷은 가지런히 개켜 서랍장 맨 아래 칸에 집어넣었다.

그러고 나서 그는 내가 있는 찻집 앞 편의점으로 나와 나를 기다렸다가 택시를 잡아 줬던 거라고 자세하게 설명했다. 그때 기분이 몹시 뿌듯했다고 그는 말했다.

딸이 부탁한 햄버거를 사기 위해 편의점이 있는 골목

으로 갔다가 생수를 사러 나갔던 나와 마주친 건 우연이었다고 털어놓았다.

그는 그날 집으로 돌아갈 때도 왔던 길로 되돌아갔다. 오른편에 있던 편의점과 열쇠집, 실내포장마차와 모텔, 그리고 상가에서 내놓은 화분 같은 것들이 올 때랑 반대편에 있었을 뿐인데, 이상하게도 돌아갈 때는 주로 이해, 반성에 속하는 감정들이 몸속에서 솟아나더라고 어깨를 으쓱거리며 말했었다.

내 부탁을 받고 처음 내 집에 들어왔을 때, 그는 될 수 있으면 뭘 보지 않으려고 애쓰며 채 오 분도 머물지 않고 서둘러 집을 나갔다. 그는 그날 이후 문득문득 내 방을 떠올렸다고 말했다.

내 방이 그에게 안긴 느낌은 과거에 본 적이 있거나 어두운 지하계단 아래서 바라본 비상구 불빛 같은 느낌을 주었다고 했다. 그는 언젠가 또 내가 뭔가를 부탁해 오길 기다리며, 내 집 자동키 비밀번호가 들어 있는 전화기를 열어 보곤 했다면서 웃었다.

광일 씨는 그 후로도 이따금씩 나를 엿보았다고 고백했다. 처음엔 집에 가스 불을 켜 놓고 나온 것 같아요, 라는 말이 줄곧 떠오르곤 했기 때문이었는데, 언젠가부터 그의 몸 어딘가에서 활기차게 움직이는 세포처럼 내 가스 레인지에 불이 붙는 장면이 자리를 잡고 들어앉아 있더라고 말했다.

내 집이 온통 사라진 것처럼 창이 깜깜한 날은, 내가 어딘가로 여행을 떠났거나 누군가를 만나 밖에서 자고 들어오는 날일 거라고 그는 간단하게 생각했다. 내가 집 근처에 있는 식당에서 사람들을 만나 술을 마시는 걸 이따금씩 보게 되었고, 그때마다 내가 과음을 하는 것 같아 걱정스러웠다고 말했다.

하루는 내가 남자와 함께 집에 있었는데, 우리가 가끔씩 발코니로 나와 담배를 피울 때마다 남자의 목소리가 아래까지 내려오더라며, 나를 슬쩍 흘겼다. 그 당시엔 나와 함께 집에 머물고 있는 남자를 좋지 않은 심보로 볼 까닭이 없었으므로 아무런 감정이 솟지 않았고, 커튼이 반쯤 가려져 불빛이 희미하게 새 나오는 발코니를 올려다보고 서 있다가 밤늦게까지 어디서 뭐하는 거냐고 다그치는 현자 씨의 전화를 받고 하는 수없이 집으로 돌아갔다고 했다.

그가 내 부탁을 받고 처음 내 집에 들어왔던 날, 가스레인지는 밸브까지 얌전히 잠겨 있었다. 그는 잘 잠겨 있는 밸브를 괜히 한 번 돌려 봤다가 다시 잠그고 돌아서면서 개수대에 담긴 냄비랑 그릇들을 보았다. 붙박이 식탁 위에는 남자의 것으로 보이는 손목시계와 은색 가스라이터 하나가 있었다. 광일 씨는 마치 못 볼 걸 봐 버린 사람처럼 서둘러 방을 나갔다면서, 처음 내가 문자로 찍어 주었던 집 주소와 자동키의 비밀번호가 있는 메시지 보관함을 열어 보여 주었다.

이상하게 이걸 지우고 싶지 않았어. 이걸 볼 때마다 이 세상 어느 누구도 모르는 진기한 보물창고를 꽁꽁 숨겨 놓고 있는 기분이 들어 마음이 뿌듯했거든.

그가 그런 일들을 모두 털어놓은 후에도 우리는 특별히 달라지지 않았다. 그 상황에서 그에게 경계심이 생기지 않는 걸 나도 좀 이상하게 여겼는데, 나는 그 이유를 깊이 알려고 애쓰지 않았다. 그건 바로, 그가 그런 일들을 너무 아무렇지 않게 생각했기 때문에 나도 자연스럽게 그렇게 되었거나 내가 꿈꾸던 어떤 가능성의 싹을 싹둑 잘라 내고 싶지 않았기 때문이었다.

오히려 왜 남에게 알려 준 비밀번호를 바꾸지 않았는지, 그 점에 대하여 광일 씨가 나를 나무라는 투로 주의시켰을 때는 묘한 안도감을 느꼈다.

왜 번호를 바꾸지 않았어?

광일 씨가 물었을 때, 나는 자동키 비밀번호 바꾸는 법을 모른다고 대답했다. 또한 번호를 바꿀 필요를 느끼지 못했다는 사실을 덧붙였다.

왜 비밀번호가 오이오이야?

그가 물었다.

어릴 적 우리 집 전화번호. 내 모든 비밀번호는 다 오이오인 걸.

그렇게 대답했을 때, 광일 씨는 나를 꽉 안아 주었다.

이번 주에는 스터디에서 일박 이일 섬으로 놀러 가.

어느 섬? 그럼 배 타겠네?

아니, 요번에 다리를 놓은 곳이래. 조만간 섬이라는 단어가 사라지지 않을까? 요즘은 어느 곳이든 닥치는 대로 다리를 놓아 섬을 부수는 추세잖아. 육지와 이어 놓으면 그게 어디 섬인가. 사람들은 왜 있는 걸 그대로 두고 보지 못하는지 모르겠어. 인간에게는 뭐든 있는 걸 그대로 두고 보지 못하는 근성이 있나 봐. 원래의 것을 부수기 위해 별짓을 다 하잖아. 그게 좋은 건지, 나쁜 건지는 잘 모르겠지만……

어디로 가는데?

왜, 좋은 데로 가면 따라오려고?

광일 씨의 고백을 들은 이후로도 우리는 늘 그런 정도의 통화를 했을 뿐이었다.

김영준은 내 얘기를 끝까지 들어주었다.

소망원에 네 살짜리 여자아이가 하나 있는데, 걔는 그 사람만 보면 떨어지지 않으려고 악을 쓰고 울어요. 왜 그런지 알아요? 그는 목소리나 손의 온도가 딴 사람이랑 달라요. 책임감도 강하지만 아주 따뜻한 사람이라고.

알았어요. 누가 뭐래요?

김영준은 이제 더 이상 우리 일에 관여하지 않겠다는 듯, 내 말을 건성으로 들으며 길게 하품을 했다.

그 사람이 얼마나 여리고 자상한 사람인데.

알았어요. 순수한 분 맞아요, 맞습니다.

김영준이 갑자기 태도를 바꾸고 나서자, 내 안에서 광일 씨에 대한 불신과 원망이 다시 되살아났다.

아니야.

왜 그러세요 또?

김영준은 자리에서 일어나 맥주 컵과 사과 접시를 개수대로 옮겨 놓고 나서 점퍼를 걸쳐 입었다.

내일 그분 오신다면서요. 주무세요 그만.

그는 빈 맥주병들을 봉지에 담아가지고 방을 나갔다.

그냥 편안한 친구로 생각하면 되죠. 더 이상 뭘 바랄 게 있어요?

김영준의 말이 빈 방 안을 유령처럼 떠돌았지만, 나는 침대로 눕는 것보다 설거지를 하는 편이 나을 것 같아 자리에서 일어나 개수대 쪽으로 천천히 걸어갔다.

12

광일 씨가 나를 내려놓은 집 앞 사거리엔 함박눈이 내리고 있었다. 내 앞을 걸어가는 남자 둘 중 하나가 날씨가 정말 미쳤다고 투덜거렸다. 두꺼운 패딩으로 위아래를 무장한 남자들이었다.

입에서 저절로 으으, 소리가 나올 정도로 혹독한 추위였다.

천지장례식장요.

나는 집으로 가지 않고 곧바로 택시를 잡아탔다.

빈소로 들어서자, 넋을 놓고 앉아 있는 혜옥이 보였다.

나는 욕심 사납게 생긴 남자의 사진 앞으로 걸어가 절을 올렸다. 죽은 사람 앞에 엎드려 내 영정사진 앞에 선 광일 씨를 생각해 보았다. 그러자 부처님 앞에 엎드린 것처럼 마음이 편안해졌다.

장례식장은 한산했다.

그이가 가게에서 쓰던 방석이 지독하게 닳은 게 왜 죽은 뒤에야 보였을까?

혜옥이 내게 처음 꺼낸 말은 그랬다.

고인에게는 오래전부터 찾아오는 친구가 한 명도 없었다며, 그녀는 울음을 터뜨렸다. 삼십 년 동안 슈퍼마켓 계산대에만 앉아 있다 보니 친구도 다 멀어지고, 사람이 바보가 되어 몸에 암 덩어리가 자라나는 것도 깨닫지 못한 거라고 혜옥은 가슴을 쳤다. 그녀의 가슴에서 정말 텅텅 소리가 났다.

수척한 목덜미와 팔목에서도 흐느낌이 느껴졌다. 아직까지 슬픔을 그토록 극명하게 보여 준 사람을 본 기억이 내겐 없었다.

그녀는 오열 대신, 이야기를 멈추지 않았다. 조문객이라곤 빈소를 꾸민 첫날 다녀간 인척들과 두 아들을 보고 찾아온 손님이 전부였다는, 고인의 친구라고 찾아온 사람이 단 한 사람도 없었다는, 나와 전혀 관계없는 이야기들을 끊임없이 쏟아 냈다.

누군가를 붙들고 시작한 이야기를 멈추지 못하는 것, 그것은 슬픔이었다. 빈소를 지키고 앉아 있는 그녀의 두 아들에게서 느껴지는 건 슬픔이라기보다 의무감과 피로감뿐이었다.

자신에게 주어진 삶의 단 한 자락도 뿌리치지 못한 채 많은 걸 견디고 살아온 혜옥에게 나는 딱히 위로가 될 만한 말을 떠올리지 못했다. 내게 뭘 서운하게 하거나 잘못한 일도 없는 그녀의 슬픔은 오히려 내게 위안으로 다가왔다.

내게는, 대부분의 인간이 맞게 될 노후와 죽음의 순간을 위해 내 젊은 날을 희생한 적 없는 지난 삶에 대한 두려움이 늘 있었다. 출산을 비롯하여 많은 여자들이 의무처럼 겪는 일이어서 가치가 있다고 여겨지는 것들 중, 견디고 싶지 않은 일을 애써 견디는 일을 나는 하지 않았다.

그 부분에 대하여 치러야 할 대가는 내가 나이가 들었을 때, 언젠가는 반드시 정체를 드러낼 부채라고 여기며 살았다. 그런데 나이가 들면서 나는 이미 많은 것들을 포기하는 과정이나 그 결과에 따른 지난 내 삶이 그 대가를 혹독하게 치렀더라는 걸 알게 되었다.

혜옥이 내 손을 놓아주지 않아 우리는 테이블까지 게

처럼 옆 걸음질로 걸어갔다. 자리에 앉자, 그녀의 며느리가 다가와 얌전하게 인사를 하고 자리를 피했다.

딴 친구들은 어제 다들 다녀갔는데.

혜옥은 남편의 장례식에 내가 온 건 당연한 거라고 여기는 눈치였다.

그녀는 오늘 광일 씨가 조금 더 내 시간을 뺏었더라면, 내가 어떤 의무감으로 이 눈보라 속에 이곳까지 올 일은 없었을 거라는 사실을 모르고 있는 것 같았다.

뭐 좀 먹어.

먹고 왔어.

혜옥은 나를 졸졸 따라다녔다. 손을 씻으러 가겠다고 하자, 화장실 앞까지 따라와 줄곧 말을 시켰다.

벽 쪽에는 허연 노인 둘이 다리를 죽 뻗고 우두커니 앉아 있었다.

누구래?

그들 쪽을 보며 내가 물었다.

그이 누나들.

혜옥이 대답했다.

사람이 어떻게 저렇게까지 망가질까.

얼마 전까지도 그렇지 않았어.

혜옥의 말에 나는 어릴 때 알던 소녀 같은 어른 한 사람을 떠올렸다.

그 여자를 생각하면 자연스레 아버지가 동시에 떠오르곤 하는 여자이기도 했다. 어머니를 잡아먹을 듯이 미워했던 아버지의 눈빛이 그 여자만 보면 달라졌던 걸 나는 정확히 기억한다.

좀 희한한 여자라던데.

그 여자 이야기가 나오면 동네 사람들은 누구나 여자를 그렇게 평했다.

연수원 아래 자리한, 마을에서 조금 외떨어진 집에 살던 김 노인이 죽고 얼마 안 돼 중개인을 따라 그 집을 보러 왔던 여자가, 우리 네 식구가 살던 바로 윗집을 사서 이사를 오게 된 건 우연이었다.

중개인은 김 노인의 집을 보고 나서 이런저런 트집을 잡는 여자에게 오래 비워 두어 거의 못쓰게 된 그 집을 보여 주게 되었다.

신기해라, 우물이 있네요.

여자는 집 안으로 들어서서 우물 쪽으로 먼저 걸어가 우물 안을 들여다보았다. 그때 집을 소개했던 중개인의 말로는 여자가 꼭 애들처럼 우물 쪽으로 달려가더니 우물에 대고 아, 아, 아, 해 보더라는 것이다.

저게 무슨 나무에요?

우물 속을 한참 동안 들여다보던 여자가 화들짝 고개를 들고, 그때 이른 삼월이라 벌거벗은 벚꽃나무를 손으로 가리켰다.

벚나무일 거요.

중개인이 대답했다.

벚나무요? 이게, 꽃이 먼저 피고, 진 다음에 잎이 돋는 그 사쿠라란 말인가요?

여자의 얼굴이 환해졌다.

중개인에 의하면 여자가 집을 대충 둘러보고 나서 바로 계약을 했는데, 그게 바로 우물과 벚나무 때문이었던 것 같았다고, 그는 고개를 갸우뚱거리며 희한한 여자가 다 있더라고 말했다.

그로부터 며칠 후, 여자는 아버지를 찾아와 집수리에 대해 의논했다. 아버지는 자기가 집을 짓는 목수는 아니지만, 친한 친구 중에 그런 일을 하는 사람이 있으니 알아봐줄 수는 있을 거라고 여자에게 친절하게 말했다.

여자가 그럼 잘 부탁한다며 정중하게 인사를 하고 돌

아갔다.

누구?

여자가 돌아간 뒤, 나는 아버지의 손등을 툭툭 치며 물었다.

아버지한테 그런 친구가 어딨어?

엉? 알아봐야지.

그날 오후 서둘러 외출했던 아버지는 사흘 동안이나 집에도 들어오지 않고 여자네 집수리를 맡길 만한 사람들을 물색해 재빠르게 조달해 주었다.

집수리를 하러 온 인부들은 집을 모조리 부수러 온 사람들 같았다. 한나절 만에 문짝 같은 걸 모두 뜯어냈다. 그들은 전 주인이 쓰던 평상에 앉아 새참을 먹고 나면 신발을 신은 채 낮잠을 잤다. 뼈대만 간신히 남았던 집은 며칠 안 돼 근사한 통나무집으로 변신했다.

집 공사가 끝나자, 여자는 포도 주스 한 박스를 들고 아버지를 찾아왔다. 큰돈 쓰지 않고 집이 아주 마음에 들게 고쳐졌다며, 아버지에게 고마움을 전했다. 여자가 고마움을 표시할 때마다 아버지도 함께 허리를 굽혀 인사했다. 거기까진 좋았다.

여자는 집수리가 끝났으니 이제 마당 가장자리에 빙

둘러 벚나무를 심을 건데, 묘목을 어디서 사와야 할지 모르겠다며 하얀 얼굴로 아버지를 빤히 쳐다보았다. 아버지는 그런 걸 알아보는 건 일도 아니라며 또 큰소리를 쳤다.

그때는 대놓고 어머니가 아버지를 노려보았지만 소용없었다. 아버지는 여자에게 잘 보이고 싶어 안달이 났던 게 분명했다. 그해는 그럭저럭 지나갔고, 이듬해 여자네 마당 조경공사가 시작되었다. 비닐로 뿌리를 싼 벚나무 묘목들이 여자네 마당으로 도착한 날이었다.

아버지는 아침 일찍 여자네 집과 우리 집 사이에 있던 대숲을 쳐내기 시작했다.

사람이 미쳐도 분수껏 미치시오.

부엌에 있던 어머니가 뛰어나와 잘려 나간 대나무 옆에 털썩 주저앉으며 소리쳤다.

아버지가 멈칫 어머니를 돌아다보았다.

뱀 새끼들이 우글대서 어디 살겠어?

아버지가 다시 연장을 들고 돌아섰다.

그 짐승들이 독이 있어 사람을 물어뜯소, 인간들이 가진 것에 욕심을 부리요? 그 대나무가 우리 생명줄인 걸 정작 몰라요? 대숲을 없애다니요. 조상들이 저 대를 얼마나 귀히 여겼는데, 천벌을 받고도 남을 일이지. 차라리 나를 쳐 버리시오.

어머니가 일어나 대나무를 막고 나섰다.

그렇게 거세게 아버지에게 대든 일은 그때가 처음이었다. 아버지가 어머니를 거칠게 패대기쳤다. 나는 그들을 말리려다 대밭에 넘어지고 말았다. 아버지가 베어 낸 대나무 밑동에 내 턱 밑이 찢어져 피가 철철 흐르는 걸 보고서야 아버지는 혀를 차며 연장을 팽개치고 밖으로 나갔다.

그렇게 어머니는 대숲을 지켜 냈다. 그 바람에 대나무들은 무사했고, 어머니는 아무런 일도 없었다는 듯 부엌으로 들어가 점심 장사에 쓸 국수의 육수를 끓였다.

뱀들이 욱실거리는 저 시커먼 숲을 없애 버려야겠어요. 그곳에 화사한 벚나무를 심으면 얼마나 좋겠어요. 꽃이 피는 것도 아니고, 음산한 게 정말 기분 나빠서 살 수가 없어요.

대숲에서 꽃뱀이 기어 나올 때마다 여자는 하얀 얼굴로 아버지를 쳐다보며 그렇게 말했다. 그때마다 아버지는 뱀을 죽였다. 뭉툭한 손으로 여러 마리의 뱀을 가차 없이 잡아 죽였다.

머리를 짓눌린 뱀이 갈지자로 몸통을 흔들어 대는 순간에도 아버지는 여자를 안심시키며, 황금빛 커튼 사이로 분

홍빛 침대 모서리가 내다보이는 여자의 방 쪽을 흘깃거렸다.

담양군 담양읍 객사리에서 태어나 줄곧 그곳에서만 살았던 어머니는 죽세품을 만들어 팔던 배고픈 상인들에게 국수를 팔아 생활을 꾸렸다. 지금은 명소가 된 관방제림의 국수 거리가 바로 그곳이었다.

거기 몰려 있는 국숫집들의 최초는 바로 내 어머니였다.

나는 어른이 되어서도, 아버지가 그렇게 일찍 죽은 것도, 언니가 갑자기 저 세상으로 가 버린 것도, 모두 그때 아버지가 독이 없는 뱀들을 죽였기 때문일지도 모른다는 생각을 떨쳐 버리지 못했다.

어른인데도 어딘지 철이 덜 들어 보였던 그 여자를 마음속으로 미워했다. 구절초 꽃차가 담긴 찻잔을 들고 파란 하늘을 쳐다보며 감탄사를 연발하던, 우물 속에 다른 세상이 있을 것 같다고 중얼거리던 여자의 묘한 분위기와 열린 문 너머로 들여다보이던 돼지 내장 같은 분홍 레이스가 달린 여자의 침대가 기분 나쁘고 싫었다.

나는 평생 레이스 달린 침대를 거부했지만, 그 여자와

닮아 있었다. 남자들이 좋아할 만한 어떤 행동도 하지 않았던 내 어머니가 아닌 그 여자를 내가 그대로 흉내 내고 있었다.

마주 앉은 혜옥의 초췌한 모습을 바라보면서 나는 이제 소녀 같다는 말이 욕으로 들리는 나이가 되었다는 사실에 몸서리를 쳤다.

우리도 곧 저런 모습이겠지? 나이가 들면 늙는 게 당연한 건데, 받아들이기 쉽지는 않아 그렇지?

혜옥이 노인들 쪽을 물끄러미 바라보았다.

밖에 지금도 눈이 오나 몰라?

나는 창문이 있는 벽 쪽으로 걸어가다가 '휴게실'이라고 적힌 방을 살짝 들여다보았다.

넓은 방 한쪽에 침대가 놓여 있었고, 그 위에서는 누군가 곤히 자고 있었다. 죽은 것과 산 것에 대한 구분이 쉬이 되지 않는 얼굴이었다.

13

광일 씨와 나는 마주 앉아 죽음에 관한 이야기를 나눈
다.

좌탁 위에 놓인 트리안을 쓰다듬느라 우리의 손이 가
끔씩 부딪힌다. 내가 얼마 전 다녀온 장례식장을 떠올리
고 있는 동안, 광일 씨는 노모의 죽음에 대하여 생각하고
있는 것 같다.

뭔가를 생각할 일이 있을 때면 항상 고개가 왼쪽으로
약간 기우는 그는, 왼쪽 아래 금으로 싼 어금니를 혀로 만
지며, 눈을 깜박깜박하고 앉아 있다. 반짝거리는 그의 작
은 눈을 보며, 나는 어떤 죽음이 누구에겐 새로운 삶을 열
어 주는 희망적인 통로가 될 수 있다는 사실을 새삼 깨닫

는다.

광일 씨는 어젯밤 침상에 누운 어머니의 작은 두상을 만져 보았다고 말한다. 그는 어머니의 머리통이 정말 앙상하고 작더라며 웃는다.

그의 어머니는 열흘 전 거실에서 넘어져 고관절 골절 수술을 받았다. 고령의 나이에 수술을 끝낸 그녀는 병원을 자신의 집으로 착각했고, 젊은 주치의를 외손자로, 같은 병실 창 쪽 환자를 오래전에 죽은 이웃으로 착각하는 증세를 보였다. 착각이지만 사람을 혼돈하지 않는 일관성을 보였고, 죽은 사람과 산 사람을 따로 구분하지 않는 것도 특징이라고 광일 씨가 설명해 준다. 그런 그녀가 누군가 자신을 그 침상에 감금했다고 소리를 지를 때, 가장 눈이 초롱초롱해진다는 얘기를 할 때는 광일 씨의 표정이 심하게 일그러진다.

그의 어머니는 이제 더 이상 광일 씨를 노려보거나 잔소리를 하지 않으며, 일주일이나 머리를 감지 않았는데도 기름이 끼지 않는 건조한 핑크빛 두피 위로 작은 나비처럼 보이는 비듬이 날아다니고, 어떤 호르몬도 생성하지 못하는 메마른 육체는 나날이 가벼워지고, 몸을 꼼지락거릴 때 약간의 지린내를 풍길 뿐, 너무 고요해져 평화로워진 얼굴을 바라보고 있으면, 어머니라는 존재가 완전히 사라진 세계를 가끔씩 꿈꾸던 자신이 당황스러워진다고 말한다.

어머니가 다시는 집으로 돌아오지 못 할 거라고 말할 때도 광일 씨의 음성은 차분하다.

어머니가 가장 두려워하신 건 내가 강해지는 거였어. 역마기가 심해 늘 밖으로 떠돌며 지낸 아버지를 일찍 보내고 평생을 외로우셨거든. 어머니는 나를 언제까지나 당신 아래 가두고 싶었던 것 같애. 우리 어머니가 얼마나 당당하신 분인 줄 알아? 병원에 가기 전날 아침까지만 해도 정확히 일곱 시에 식탁으로 나와 앉으셨어. 그날 아침에도 백발의 커트머리를 단정하게 빗고 얼굴에는 유분이 많은 크림을 바르셨더라고. 그날 아내가 감기가 심해 내가 된장국을 끓였는데, 거의 드시질 않았어. 그래서, 점심엔 뭐가 드시고 싶어요? 설렁탕 사다 드릴까요? 하고 물었더니, 설렁탕? 그끄제도 먹었잖어. 하고 역정을 내시더라고. 그럼 뭐가 좋으시겠어요? 하고 다시 물어봤더니, 어디 시원한 황태국 잘 하는 데 없을까. 하시길래, 왜 없겠어요. 찾아보면 있을 거예요. 했더니, 내가 올해 아흔아홉이지? 하고 나를 빤히 바라보시는 거야. 그래서 올해 딱 백 살이

시잖아요. 하고 대답했더니, 아흔아홉이지 무슨 백 살이
냐며, 나를 호통치시더라고……

어머니에 대한 이야기를 멈추지 못하는 광일 씨의 눈
이 살짝 붉어진다.

평생 떨어져 지낸 적 없다면서, 그동안 잘 모셨으니 된
거지.

나는 우울해 보이는 광일 씨에게 나를 처음 만난 날 수
업이 다 끝날 때까지 배낭을 멘 채 앉아 있던 일곱 살짜리
사내아이에 대한 이야기를 들려줄까 망설인다.

잘 모시긴, 모두가 복수심이었어.

광일 씨는 내가 잘 알아들을 수 없지만, 어딘지 모르게
공감이 가는 한마디를 툭 던진다.

효자였잖아?

내가 묻는다.

순수한 효도가 어딨어.

그가 자르듯이 말하고 침대로 눕는다.

전화기가 자꾸 딩동거리는데도 그는 잠자코 누워 있
다. 그는 김영준의 존재를 눈으로 보고 난 후부터 아내,
딸, 군청직원 등의 전화를 따돌리는 경우가 많아졌다. 내
가 가끔씩 김영준과 밥을 나눠 먹는다는 사실을 알았기 때

문일까?

광일 씨의 긴 여행, 그의 말대로라면 첫날 집을 나설 때
부터 현자 씨와 다투고 데면데면해진 상태로 지내며 내 생
각만 하다가, 돌아오기 전날에야 딸과 사위의 선물을 고
르면서 마지못해 화해했다는, 믿을 수 없지만 그의 말대
로라면 지옥 같은 여행, 아무튼 그 여행에서 돌아오고도
광일 씨는 사흘 만에야 미안한 얼굴로 나를 찾아왔다.

만약 그가 여행 직후에 현자 씨에게 무슨 거짓말을 하
든 곧장 내게 달려왔다면, 나는 그에게 훨씬 더 과격하게
그동안의 내 심정을 내색했을 것이다. 그러나 그를 만났
을 때 내 감정은 웬만큼 누그러져 있었다.

오로지 그가 탄다는 이유만으로 내게만큼은 다른 수많
은 사람들이 이용하는 항공보다 백배 더 위험소지가 높은
비행기를 타고 무사히 돌아온 그가, 언제든 달려올 수 있
는 거리에서 그동안 밀린 일들을 처리하고 있다는 사실에
나는 안도했다.

그가 전화상으로 현자 씨는 시차 때문에 드러누웠다는
말만 하지 않았더라면, 새삼스레 덩치에 어울리지도 않는
현자 씨의 '여린 척'을 속으로 욕하는 일도 없었을 것이다.

이제 곧 그를 볼 수 있을 거라고 생각하는 동안 사흘이 대수롭지 않게 지나갔고, 나는 차라리 담담해져 있었다.

그가 집 안으로 들어서서 나를 보니 이제야 숨을 쉴 수 있겠다는 듯 활짝 웃으며 두 팔을 쫙 벌리고 다가섰을 때, 나는 그동안의 원망을 깨끗이 잊은 채 아무런 감정 없이 그의 품에 안길 수 있었다.

오랜 포옹 끝에 나는 고개를 들고 그의 얼굴을 올려다보았다. 그가 바로 입술을 포개왔다. 치열이 고르지 못한 데다 변색된 그의 앞니가 내 혀에 닿았지만 거북스럽지 않았다.

그는 현자 씨와 자지 않는다는 걸 증명하겠다는 듯 서둘러 나를 침대로 데려갔다.

아, 이 침대 오랜만이네.

그가 속삭였고, 우리는 둘 다 마음이 꽤 격렬했다.

그 사람이랑 왜 싸운 줄 알아?

애처로운 모습으로 홀쭉하게 누운 그가 물었다.

왜 그랬는데?

내가 이상하다는 거야, 자기랑 여행을 가는 게 그렇게 싫으냐며 갑자기 신경질을 내더라고. 당신이 전화를 안 받으니까 내가 더 불안했지. 나도 몰래 그 사람 말과 행동에 사사건건 트집을 잡으며 툴툴거리게 됐다고.

정말?

다른 말이 필요 없었다.

계속 아내랑 함께 움직였기 때문에 선물을 사 오지 못해 미안하다는 그의 사과도, 나를 혼자 두고 다시는 어디도 가지 않겠다는 그의 다짐도 모두 큰 의미가 없었다.

내겐 오직 팔 년 동안이나 길길이 사랑을 구애했던, 현재까지도 부드럽고 자상한 남편에 대해 어떤 의심도 하지 않던 현자 씨가, 어딘지 낯선 남편의 태도를 알아차리고 상처받았다는 사실만이 중요했다.

광일 씨는 내가 다른 여자들과는 달리 순수하고 부드러운 성품을 가졌다고 믿는 사람이다. 아이들과 함께 아름다운 동화를 읽으며 사는 사람이라 그런가 보다고 믿는 순진한 광일 씨가, 교활하고 질투심 많게 늙은 내 정체를 깨닫고 후회하는 걸 나는 원하지 않았다.

그래서 나는 산 낙지 하나도 못 잡는 현자 씨에게 폭풍 같은 화가 치밀어도 내색할 수 없었다. 선하고 너그러운 여자, 드세고 고집 센 여자가 따로 없다는 걸 그가 깨달아서는 안 되었다.

다혈질이어서 욱하는 일이 잦지만, 복스럽고 음식을

잘하는 현자 씨야말로 그에게 가장 이상적이고 편안한 사람이라는 걸 그가 뼛속 깊이 느끼는 것이 내게는 가장 두려운 일이었다. 그럴까 봐 나는 그 앞에서 항상 모든 말과 행동을 절제했다.

그래서 그날도 현자 씨 편을 들며, 왜 그랬어? 하며 광일 씨를 타이르는 투로 무슨 말인가 했었다. 그러자 광일 씨는 더욱 격분해서 그녀를 비난하는 말들을 쏟아 냈다.

드세고 사나워. 황소고집이라니까.

그가 아내를 욕하며 머리를 절레절레 흔들었을 때, 나는 그가 무엇으로도 내게 안기지 못했던 쾌감을 느꼈다.

비판적 추론을 곧잘 하는 똘똘하고 야무진 아이들에게 하듯이 나는 그의 얼굴과 머리를 한없이 쓰다듬었다. 나의 관심의 대상은 확실히 광일 씨가 아닌, 나와는 다른 삶을 살아온 남편과 딸을 둔 현자 씨였다.

초인종이 울었다. 나는 자리에서 일어나 헝클어진 머리를 매만졌다.

올 사람 없잖아?

광일 씨가 말했다.

있어.

누구?

남자.

누군데?

광일 씨가 성급히 일어나 옷을 입기 시작했다. 바지를
입고 스웨터를 채 입기 전에 김영준이 집 안으로 들어섰
다.

손님이 계셨네요?

김영준은 양손에 뭘 잔뜩 들고 왔다.

오늘은 뭘 만들었어요?

아 예, 아구찜을 좀 만들어 봤어요.

잘 됐네, 출출했는데.

나는 랩을 씌운 접시를 받아 좌탁 위에 올려놓았다.

손님도 계시니 오늘은 그냥 가 볼게요.

괜찮아요. 들어와요.

나는 부득부득 김영준을 안으로 불러들였다.

광일 씨는 스웨터에 다급히 머리를 끼워 넣으며 방 안
으로 들어선 김영준을 당황스러운 듯 바라보았다.

얘기했죠. 901호로 얼마 전에 이사 온 총각.

내가 말했고, 두 사람이 서로 인사를 나누었다.

아구찜은 빛깔이 훌륭했다. 김영준이 곁들여 가져온

소주 한 병을 셋이서 똑같이 나눠 마시는 동안, 광일 씨는 어색한 감탄사를 섞어 가며 몇 차례 그의 요리 솜씨를 칭찬했다.

김영준은 곧장 돌아갔다.

왜 아무나 집에 들이고 그래?

김영준이 돌아간 뒤 광일 씨는 당연히 불퉁거렸다.

이웃이잖아.

나는 웃으며 입을 삐죽이 내밀어보였다.

그것도 남자를.

남자는 무슨 남자, 아들 벌인데. 서른아홉이래.

뭐하는 놈이래?

요리사래. 이 근처에 식당을 낼 거래.

집에 함부로 불러들이고 그러지 마. 세상엔 이상한 놈들 천지야.

광일 씨는 젊은 김영준에게 심한 적대감을 드러냈다.

광일 씨가 여행 중이던 그날 저녁, 내가 김영준에게 부린 추태와 내가 그를 꾸역꾸역 집으로 불러들인 사실을 광일 씨는 몰랐다. 그가 이사 온 날 떡을 가져왔더라고 말했으니까.

조심하라고.

광일 씨는 그날 돌아갈 때 신발을 신고 서서 현관문 안 전고리를 두세 번 걸었다 풀었다 해 보고서 찜찜한 얼굴로 돌아갔다.

안 가 봐도 돼?
내가 묻는다.
장례식장도 알아봐야 하는데.
광일 씨가 딴 소리를 한다.
어머니? 언제 돌아가실 줄 알고?
바람도 쐴 겸 같이 가 볼까?
장례식장엘?
응.
나랑?
응.
우린 침대에서 일어나 옷을 입는다.
광일 씨는 급히 차를 몰아 출퇴근길에 매일 지나다닌 다는 장례식장 앞에 차를 세운다. 그는 차에서 내려 장례 식장 건물을 올려다보며 담배를 피운다. 그 사이 현자 씨 에게서 전화가 걸려온다.
광일 씨는 액정에 뜬 '예쁜이'를 물끄러미 바라보고 서 있다.

예쁜이?

엉.

얼른 받아.

내버려둬.

싸웠어?

아니.

광일 씨는 전화기를 주머니에 밀어 넣고 상복을 입은 사람들이 수시로 드나드는 건물 입구를 물끄러미 바라보고 서 있다.

어디선가 나타난 주차요원이 차를 빼라고 소리친다. 팔에 완장을 두른 주차요원은 느긋하게 차 안으로 올라가는 광일 씨를 못마땅한 시선으로 바라본다.

그냥 가려고?

다른 할 일이 생각나서.

광일 씨는 시내를 벗어나 오른쪽으로 강이 펼쳐진 도로를 달리기 시작한다.

여긴 왜?

창고에 있는 쓰레기를 처리해야겠어.

쓰레기?

개새끼들.

광일 씨는 내 말에 대꾸하지 않고 누군가에게 욕을 하며 세게 차를 몬다.

여기서 잠깐만 있어.

그는 삼거리 편의점 앞에 나를 내려놓고 도망치듯 소망원으로 가는 둑길로 사라진다.

십오 분쯤 기다리자, 그가 차에 라면박스를 잔뜩 싣고 나타난다. 박스에 창이 모두 가려 차 안이 마치 창문이 하나도 없는 창고처럼 어둡다.

뭐야?

여기가 무슨 음식 쓰레기장인 줄 안다니까.

누구?

약삭빠른 새끼들이 지난여름에 유통기간 석 달 남은 라면을 백 박스나 후원하고 기부영수증을 끊어 갔다니까. 확인도 해 보지 않고 덥석 후원제의를 받아들인 게 잘못이지 뭐. 시설 애들은 의심이 많아서 유통기간 지난 것들은 손도 안 대.

그래서 저걸 다 어쩔 건데?

파묻어야지.

광일 씨는 인적이 뜸한 야산 언저리에 차를 세우더니

삽을 꺼내 땅을 파기 시작한다.

내게는 라면봉지와 내용물을 일일이 분리하라고 시켜놓고 열심히 삽질을 한다. 광일 씨의 거센 삽질에 메마른 풀들이 뒤집히면서 축축한 흙이 드러난다.

검은 땅속을 보자 생각하고, 생각하고, 또 생각했던 죽음이 아주 현실적으로 다가온다.

저 속에 묻히는 건 정말 추울 거 같애.

춥긴, 땅속이 얼마나 따뜻한데.

광일 씨가 삽질을 쉬고 물끄러미 구덩이를 바라보며 말한다.

나는 죽어서도 따뜻한 침대 위에 있고 싶어.

광일 씨는 내 말엔 신경도 쓰지 않고 재작년 가을에 수십 박스나 되는 라면을 이 근처 어디에 파묻었다고 말한다.

그때는 현자 씨랑 같이 왔었다며 이마에 밴 땀을 쓱 훔친다.

난 죽어서도 침대 위에 있고 싶다니까.

알았어, 침대랑 함께 묻어 줄게.

딴생각에 잠겨 있는 광일 씨의 어깨를 살짝 꼬집자, 그제야 그렇게 대답한다.

나중에 그는 지금 내가 한 말을 반드시 떠올릴 것이다. 턱 주변에 허옇게 각질이 솟은 얼굴로 산자락을 휘휘 둘러 보는 그의 얼굴이 찬바람 때문인지 오늘따라 유난히 까칠 해 보인다.

그는 이 일을 끝내고 나면 곧장 나를 집 앞에 내려 주고 돌아갈 것이다.

나온 김에 가다가 밥이나 먹고 갈까?

먹었잖아, 점심.

그깟 콩나물 몇 가닥?

광일 씨는 오늘 이상하게 느긋하다. 학원에 가야 할 시 간에 땡땡이 칠 궁리를 하는 아이처럼 자꾸 딴 길로 샐 궁 리를 하는 얼굴이다.

우린 어두워져서야 집에 도착했다.

14

나 오늘 안 가.

광일 씨가 옷을 벗고 침대로 눕는다.

뭐?

결명자차를 타기 위해 포트에 물을 끓이던 나는 광일
씨를 돌아다본다.

자고 갈 거라고, 오늘.

싸웠어?

냉장고에서 사과를 꺼내다가 광일 씨의 손에 쥐여 주
며 내가 묻는다.

아니.

근데 왜?

저거 이제 보니 빛깔이 은은한 게 정말 고급스럽네.

뭐?

저 고가구들.

새삼스럽게!

광일 씨는 입을 꾹 다문 채 쿠션에 비스듬히 기대고 앉아 오래된 내 원목 고가구들을 죽 훑어본다.

지금까지는 마치 그것들에 대해, 어쩌면 내게도 아무런 관심이 없었던 사람 같다.

사과 안 깎아 줘?

나는 그의 손에 과도를 쥐여 준다.

광일 씨는 사과를 깎기 시작한다. 얇고, 섬세하게, 껍질이 끊어질까 봐 처음부터 조심하면서 천천히 사과를 깎는다.

현자 씨 집에 없어?

아니.

근데 왜?

상관없어.

왜 싸웠는데? 말해 봐.

아니라고 했지만, 묵묵부답인 광일 씨의 얼굴엔 현자 씨와 싸웠다고 써져 있다.

그가 그녀에게 골이 났을 땐 늘 그런 표정이다. 나도 모르게 커져 버린 목소리 톤을 조절하다 보니 내 목에서 넘어오는 내 목소리가 내가 듣기에도 섬뜩하다.

그가 토요일을 통째로 나랑 보내는 일은 그를 만난 이후 오늘이 처음이어서, 내심 미심쩍은 반면 종일 조마조마하기까지 했다.

왜 그랬어?

…….

말하기 곤란한 일인가 봐?

광일 씨가 긴 사과 껍질을 높이 들어올렸다 내려놓으며 한숨을 푹 내쉬더니 드디어 입을 연다.

아침에 장을 보러 마트에 갔었댔지…….

마트에 도착한 그들은 메모지에 적어 간 물건들을 차근차근 골라 카트에 담았다. 장보기를 끝내고 나올 무렵, 현자 씨가 원플러스원 행사 중인 두루마리 화장지 두 뭉치를 카트에 실었다. 광일 씨는 짐을 잔뜩 실어 이삿짐 트럭처럼 봉긋해진 카트를 조심스럽게 끌고 현자싸의 뒤를 따랐다. 수산물코너 앞에서 그만 화장지 한 뭉치가 땅으로 떨어졌다. 광일 씨가 떨어진 화장지 뭉치를 원래 있던 자리로 가져다놓자, 그녀가 다시 화장지를 들고 와 카트에 올려놓고 반찬코너 쪽으로 걸어갔다. 광일 씨는 낑낑거리며 카트를 끌고 그녀를 따라갔다. 현자 씨는 수산코너에서 플라스틱 통에 담아놓고 파는 게장을 다섯 통이나 샀다. 광일 씨는 현자 씨 곁에 서서 게장 국물을 새끼손가락으로 찍어먹어 보는 그녀를 잠자코 지켜보았다. 마트에서 나와 현자 씨가 하자는 대로 처가 식구들한테 일일이 게장을 한 통씩 돌리고 나니 두 시간이 훌쩍 지나가 버렸다. 마지막으로 둘째 처제 집에 게장을 전해 주러 들어간 현자 씨가 삼십 분도 넘게 나오지 않아, 광일 씨가 전화를 걸어 빨리 나오라고 말했다. 딱 그 말 한마디 한 걸 가지고 현자 씨는 골이 나 있었다. 오랫동안 차를 세울 수 없는 곳이라서 그랬던 거라고 광일 씨는 그녀를 달랬다. 그러나 새삼스럽게 지난 여행 때 다툰 이야기를 다시 꺼내며 있는 대로 골을 부리던 현자 씨가, 주차장에 도착하기 바쁘게 차에서 내려 엘리베이터 쪽으로 총총 걸어가 버렸다. 광일 씨는 장본 물건들을 양손에 들고 급히 그녀를 쫓아갔다. 엘리베이터 안에서 현자 씨가 그를 빤히 바라보았다. 두 사람의 거리가 가까워졌을 때, 엘리베이터 문이 닫히고 말았다. 광일 씨는 그 자리에 한참 동안 서 있다가 차로 돌아가 곧장 내 집으로 달려왔다.

나는 숨을 죽이고 광일 씨의 두꺼운 입술을 바라본다.

그 사람이 닫힘 버튼을 누르는 걸 내가 똑똑히 봤다니까.

광일 씨는 금방 눈물이라도 쏟아 낼 기세다.

그게 그렇게 서운해?

사람이 어쩜 그럴 수가 있냐고? 생판 남이라도 그러지 않겠다.

남이라면 그럴 필요가 없겠지.

나는 광일 씨를 만지다가 잠이 들었고, 늘 광일 씨가 돌아갈 시간에 정확히 눈을 뜬다.

열한 신데.

알아.

광일 씨는 깨어 있다.

걱정돼?

아니.

그럼 왜 못 자?

좋아서 그러지. 나는 당신만 있으면 돼.

광일 씨가 어리광이 묻어나는 목소리로 말한다.

나는 그와 나란히 누워 현자 씨를 생각한다. 지난번 결혼식장에서 현자 씨를 본 후로 그녀에 관한 내 상상은 훨씬 디테일해졌다.

사진이나 볼까? 휴대폰 좀 줘 봐.

무슨 사진? 볼 게 뭐 있다고.

그냥 아무거나.

광일 씨가 휴대폰을 건네준다.

그냥 아무거나, 라고 말했지만 나는 현자 씨를 찾는다. 주로 풍경사진으로 차 있던 그의 갤러리가 요즘 조금 달라졌다. 만삭인 딸 사진과 키가 훤칠한 사위를 찍은 인물사진들이 늘어났다.

그의 딸과 사위의 인물 같은 건 하나도 궁금하지 않다. 나는 급히 컷을 넘겨 현자 씨를 찾는다. 이럴 때면 나는 늘 목이 마르다. 드디어 통통하고 복스러워 보이는 현자 씨가 나온다.

꽃길에서 찍은 사진이다. 갈색 트렌치코트에 체인 문양이 있는 스카프를 길게 늘어뜨린 현자 씨가 할랑할랑 꽃길을 걸어오는 모습이다. 현자 씨는 그 순간 자신의 모습에 꽤 만족한 모양이다. 옆모습, 정면을 번갈아가며 세 번이나 포즈를 취했다.

사진을 찍어 준 사람은 광일 씨였을 것이다. 그동안 내가 본 그녀의 모습 중 그런대로 분위기가 있다. 나는 서둘러 사진을 늘린다. 현자 씨의 눈두덩 지방과 턱살, 목주름을 액정 가득 펼쳐 놓고 나서야 광일 씨가 눈치채지 못하도록 작게 안도의 숨을 내쉰다. 그러다 팔로 서로의 옆구리를 감고 서 있는 광일 씨와 현자 씨를 발견한다. 그 자세에서 그대로 쪼그리고 앉은 것도 있다. 이번엔 이색적인 분위기가 물씬 풍기는 진회색 건물 앞이다.

광일 씨의 얼굴이 환하다.

여기가 어디야?

내가 묻자, 광일 씨가 액정 가득 확대한 사진을 들여다본다.

거기가 어디더라?

그가 기억을 더듬는다.

싸웠다며?

그제야 광일 씨는 내 질문의 의미를 알아차린다. 싸웠다면서, 지옥 같은 여행이었다면서, 이 다정한 사진은 뭐냐는.

그거? 옆에 있던 일행이 억지로 시킨 거야.

그가 거짓말을 하는 것 같지는 않다. 거짓말을 잘 못하는 광일 씨는 거짓말을 하면 금방 표시가 나는데 말이다.

낼 어디 가자.

그가 불쑥 말한다.

어디?

놀러. 바람도 쐬고 맛있는 것도 먹고.

그니까 어디로?

아무 데나.

그래도 돼?

좋은 기회잖아.

그는 말한다. 일요일에 나와 함께 무언가 해 보고 싶었던 게 아니라, 아내 때문에, 단지 현자 씨 때문에 그런 생각을 했다는 걸 그는 '좋은 기회'라는 말로 증명한다. 그건 정확히 말하면 나와 바람을 쐬러 가는 게 목적이 아니라, 괘씸하게 군 현자 씨에게 화풀이를 하겠다는 말이다.

단순한 광일 씨는 가끔씩 내게 해야 할 말과 해서는 안 될 말을 혼동한다.

안 가.

왜?

광일 씨는 눈만 깜박깜박할 뿐 나를 만지지 않는다. 왜냐면 오늘은 집으로 돌아가지 않아도 되기 때문이다.

나는 확실히 줏대가 없다. 어젯밤 단호하게 안 가겠다고 해 놓고서 광일 씨보다 일찍 일어나 얼굴을 매만지고 머리를 손질한다. 그의 말대로 좋은 기회를 그냥 의미 없이 흘려보낼 용기가 내겐 없다.

나는 그와 일요일에 해 보고 싶은 게 많았기 때문이다. 외출할 준비를 마친 뒤, 혹시 몰라 내 주술적인 소중한 흰 팬티를 광일 씨 몰래 가방에 챙겨 넣고, 씻고 나온 그의 얼굴에 스킨을 발라 준다. 스킨을 바를 때는 제발 세수하듯 박박 문질러 바르지 말고 부드럽게 톡톡 두들겨 바르라고 잔소리를 해 가며, 그의 발에 양말을 신기고 셔츠 단추를 채워 준다.

그 사람은 이런 거 한 번도 해 준 적 없어.

그가 언젠가 무심코 흘렸던 말을 기억했기 때문이다.

단정해진 광일 씨가 휴대폰을 들여다본다.

집?

내가 묻는다.

아니. 쓸데없는 전화만 오네.

그는 자신의 외박에 대하여 무관심을 보이는 현자 씨로 인하여 초조해진 마음을 감추려고 애를 쓴다.

나 또한 초조하다. 현자 씨가 우리에게 선물처럼 준 기회를 다시 빼앗아가 버릴 확률은 꽤 높다. 그의 노모가 최소한 오늘까지만 무사하기를, 만삭인 딸이 오늘까지만 조용하기를 나는 마음속으로 기도한다.

어디로 갈까?

그가 묻는다. 늘 자기 마음 내키는 곳으로 나를 끌고 다니길 좋아하는 그답지 않게 자신감 없는 얼굴로 내게 묻고 있다.

아무 데나.

나는 그런 대답을 한다.

광일 씨는 내 오래된 서랍장을 물끄러미 바라보고 앉아 있다. 그는 고관절 수술 끝에 폐렴까지 겹쳐 생명이 위태로운 노모를 생각하거나, 딸을 생각하거나, 현자 씨의 질책을 떠올리고 있을 것이다. 어쩌면 그는 내가 죽은 후, 저 고가구를 어떻게 처분할 것인지에 대해 생각하고 있는지도 모른다.

나는 차마 옷장 문을 열지 못한다. 그걸 입어야겠다고 새벽에 머릿속으로 찜해 놓은 와인빛 코트와 목도리를 꺼내지 못하고 우두커니 앉아 있다.

놀러 나가기엔 오늘 날씨가 너무 추운 거 같애.

차라리 나는 그렇게 말한다.

날씨가 어떻든 경남 하동군 화개면 운수지리산 자락으로 일단 가서, 쌍계사 먼저 둘러보고 내려와, 최참판댁이 있는 마을로 가자고 말하지 않는다. 그곳에 가서 초가집 마루에 앉아 사진도 찍고, 까치밥이 매달린 감나무랑 작은 우물이 있는 마을 골목을 천천히 걸어 다니다 내려오는 길에 도토리묵과 파전을 먹고, 돌아오는 길에는 담양으로 빠져 국수를 먹는 사람들을 구경하고 왔으면 좋겠다고 말하지 않는다.

그곳은 그렇게 멀지 않은 곳이라 여기서 두 시간이 채 안 걸린다는 말을 차마 꺼내지 못한다. 아니면, 우릴 알아보는 사람이 아무도 없는 도시로 가서 나란히 카트를 밀고 다니며 장을 봐서 돌아오는 것도 좋겠다는 말을 꺼내지 못한 채 나는 침대로 눕는다.

광일 씨도 나를 따라 눕는다. 곧 일어나 가야 할 사람처럼 쿠션을 밀어내고 깍지 낀 양손으로 머리를 괸 채 단정하게 눕는다.

기영이 예정일이 언제랬지?

가라앉은 분위기를 좀 바꿔 보려고 그의 코끝에서 각질부스러기를 떼어 주며 내가 또 말을 건넨다.

담 주.

어머니 간병인은 착해?

괜찮은 사람인 거 같애.

이제 곧 현자 씨랑 둘만 남겠네?

엉.

오늘 놀러가는 건 아무래도 어렵겠다고 판단한 나는 그런 것들을 한없이 묻고 광일 씨는 사실만을 짧게 대답한다.

차라리 사람이 다닐 수 없을 만큼 심한 눈보라가 몰아치기를 나는 바란다. 그러나 방 안보다 밖을 더 좋아하는 광일 씨가 나를 침대에서 일으켜 선뜻 밖으로 끌고 나가지 못하는, 그와 현자 씨를 중심으로 놓여 있는 여러 상황들에서 벗어나는 다른 이유는 생기지 않았다.

진한 카키색 커튼이 점점 환해지더니 방 안에 환한 빗금이 그어졌다.

15

박금옥. 나는 별다른 어려움 없이 도착한 병실 앞에서 광일 씨 어머니의 이름을 발견하고 안으로 들어섰다.

죽음 가까이에 다가선 사람들이 누워 있는 여러 개의 침상과 그들을 둘러싼 꽤 많은 사람들 속에서도 한눈에 현자 씨를 찾아낼 수 있었다.

누에처럼 전신을 동그랗게 오그리고 앉은 노인에게 죽을 떠먹이고 있던 그녀가 나를 빤히 쳐다보았다. 무엇이든 청하면 도와주겠다는 듯 밝고 호의적인 얼굴이었다.

그녀에게선, 사소한 일로 토라져 어젯밤 집에 들어오지 않은 남편을 두고 고민한 흔적이라곤 찾아볼 수 없었다. 그녀 옆에는 배부른 딸과 훤칠한 사위가 어리광이 묻어나는 천진한 얼굴을 하고 앉아 있었다. 그들에게 둘러싸인 노인의 무표정하고 고요한 얼굴 또한 몹시 안정적이고 편안해 보였다.

그와 비슷한 풍경은, 그 옆 침상과 맞은편 침상에서도 벌어지고 있었다. 내키지 않는 건 뭐든 뿌리치고 살았던 나와는 아주 먼 세계의 이야기들이 하얀 침상을 중심으로 펼쳐지고 있었다.

최광일 국장님 어머니시죠?

나는 현자 씨에게 물었다.

현자 씨가 죽 그릇을 든 채 자리에서 일어났다.

예, 그런데 누구신지?

무례하지도 사납지도 않게 그녀가 대답했다.

오래전에 소망원에서 일했어요.

들고 있던 과일바구니를 그녀에게 건넸다.

택시에서 내려 곧바로 매점으로 들어가 그걸 살 때만 해도, 나는 그것을 누구에게 줄 것인지 알지 못했다.

광일 씨의 딸과 사위가 동시에 일어나 내게 자리를 내주었고, 현자 씨는 미지근한 음료를 공손히 내밀었다.

현자 씨는 광일 씨와 내가 이렇게 되기 전 밥을 먹으러 갔을 때 보았던 사진 속 모습과 크게 다르지 않았다. 갑자기 그녀에게 솟는 친숙함을 나는 감당할 수 없었다. 어떤 의미도 없어 보이는 노인의 시선은 무서웠다.

자리에서 일어나자, 현자 씨가 문 밖까지 따라 나왔다. 뒤를 돌아다본 나는 심하게 절뚝거리는 그녀의 다리를 보았다. 그러고 보니 오른쪽으로 기운 그녀의 몸짓은 사진 속에서도, 결혼식장에서도 보았던 것이었다.

현자 씨는 내게 조용히 고개를 숙여 보였다.

광일 씨는 어딜 갔는지 그때까지 나타나지 않았다.

오늘 아침, 현자 씨는 마치 우릴 지켜보고 있었던 듯 절묘한 타이밍에 전화를 걸어왔다. 이러고 있을 게 아니라 가까운 곳이라도 다녀오자며, 침대에 누워 있던 광일 씨가 윗몸일으키기를 하듯 힘차게 일어났고, 나는 서둘러 옷장 안에서 코트를 꺼내 입었다. 목도리를 걸치고 막 집을 나서려는 순간 전화가 걸려왔다.

어제부터 줄곧 초조해하던 광일 씨가 전화기를 쥐고 싱크대 쪽으로 걸어가는 것을 물끄러미 바라보고 서 있던 나는 목도리와 코트를 벗어 방바닥에 팽개쳤다.

미안해, 가 봐야 할 것 같애.

통화를 마친 광일 씨는 내가 팽개친 코트를 주워 행거에 걸고 나서 나를 빤히 바라보고 서 있다가 문 쪽으로 걸어갔다.

그가 평생 내 앞에 나타나지 않을 사람처럼 사라지고

나서 쾅, 문이 닫힌 순간, 나는 그와 현자 씨를 향해 마구 욕설을 쏟아 냈다. 그러다가 병원으로 달려갔다. 택시를 잡아타고 운전사에게 목적지를 말했을 때, 나는 무슨 생각을 했는지 모른다.

엘리베이터에서 내려 박금옥, 박금옥, 그에게서 들은 그의 어머니의 이름을 되뇌며 병실 앞에 이르렀을 때, 당신은 이미 오래전부터 광일 씨의 예쁜이가 아니었다는 말을 현자 씨에게 해 주고 말겠다는 생각을 했던 것 같다.

그러나 병실로 들어서서 현자 씨와 눈을 마주쳤을 때 나는 무력해졌다. 예전에 알던 소녀 같은 어른, 아버지에게 독이 없는 뱀을 죽이게 했던 여자를 바라보던 내 어머니의 눈빛이 떠올랐기 때문이었다. 분명히 이상해 보였을 나를, 현자 씨는 도와드릴 게 없을까요? 하는 얼굴로 바라보았다.

내가 속으로 미워했던 광일 씨의 딸애도, 나랑 별 연관이 없었던 광일 씨의 사위도, 덩달아 병실에 있던 사람들까지 모두 다 어리둥절하게 서 있는 나를 걱정 담긴 눈으로 쳐다보았다.

나와는 다른 삶을 살아온 사람들의 공통성 앞에서 나는 무기력해질 수밖에 없었다. 그 와중에도 나는 나타나지 않는 광일 씨가 어딜 갔는지 궁금했다.

　집에 돌아와 뜨거운 물로 몸을 씻은 뒤, 가스레인지로
다가가 밸브를 연 다음, 가스배관과 연결된 호스를 가위
로 싹둑 잘랐다. 그리고 침대로 누워 광일 씨의 문자를 읽
기 시작했다.

　침대는 여전히 따뜻하고 푹신했다. 꽤 시간이 흘렀다.
누군가 한 차례 쾅쾅 문을 두들기다 돌아갔다. 그리고는
밖이 조용했다. 어디선가 전화 한 통이 걸려왔다. 침대가
조금씩 움직인다고 느꼈다. 드디어 나의 생이 끝나고 있다
는 걸 알아차린 후에도 나는 죽 광일 씨의 문자를 읽어 내
려갔다.

　손가락을 움직이는 게 차츰 힘들어졌다. 더 이상 아무
것도 할 수 없다고 생각하자, 눈 쪽에서 통증이 시작되었
다. 나는 안간힘으로 전화기를 붙들고 있었다. 광일 씨의
문자를 조금 더 읽어야 했다. 몇 차례고 떨어지는 전화기
를 다시 주워 들었다. 사진 하나가 나타났다. 며칠 전 이발
을 한 광일 씨가 인증 샷으로 보내온 사진이었다.

　　이쁘네.

빼빼 마른 몰골이 이쁘기는.

그의 말대로 **빼빼** 마른 광대뼈뿐인 그의 사진을 들여다보는 동안, 오랫동안 공들였던 내 계획이 한순간에 무너져 내렸다.

매운 콩나물 국밥이 먹고 싶어.

나는 가까스로 문장을 완성하고 나서 휘청거리는 몸을 이끌고 창문 쪽으로 걸어가 커튼 자락을 들췄다. 한겨울의 볕이 이렇게 환했던가! 그렇듯 강렬한 햇살은 지금껏 처음이었다. 빛은 아직 세상에 이름 지어지지 않은 희한한 색깔을 띠고 있었다.

밖으로 나가야 했다. 벽을 더듬거리다 바닥으로 쓰러졌다. 점점 머릿속이 비어 갔다. 메스꺼움과 두통이 잠잠해지고 있었다.

얼마나 시간이 흘렀을까. 누군가 집 안으로 들어서는 것 같았다. 머리맡에서 찬바람 묻은 광일 씨의 파카 냄새가 났다. 이상한 건 그가 서둘러 나를 밖으로 꺼내 가지 않는다는 것과 어떤 말은커녕 숨소리조차 내지 않는다는 사실이었다.

　나는 죽은 걸까! 그래서 더 이상 그의 목소리를 들을 수 없는 것인가. 그러나 나는 아직 살아 있었다. 암막 커튼처럼 빛을 가리고 있는 광일 씨의 검정색 파카자락을 볼 수 있었고, 느리게 도는 회전그네처럼 방 안이 통째로 움직이고 있는 것도 느낄 수 있었다. 매콤한 콩나물 국밥 냄새도 스쳤다.

　희미하게 보이던 천장과 벽, 침대와 고가구들, 식탁, 좌탁 위에 놓인 트리안 화분의 형체가 모두 사라질 즈음, 누군가 문을 세게 두드리다 돌아갔다.

　밖이 조용해진 후 광일 씨가 흐느끼는 소리를 들었다.

　나는 그때쯤 생을 끝낼 거라고, 어렸거나 젊었던 어느 순간 왜였는지 모르지만 그렇게 마음먹었던 나이였다.

죽음에 이르는 병

한영인_ 문학평론가

1. 들어가며

박이수의 첫 소설집 『부표의 전설』을 일독한 독자라면 그녀가 세계의 주변부로 내몰린 존재들을 서사의 중심으로 끌어올리기 위한 치열한 문학적 고투의 한복판에 선 작가라는 사실에 흔쾌히 동의할 수 있을 것이다. 그녀의 작품에는 고립된 외딴 섬에서 통증을 앓으며 죽어 가는 노파(「부표의 전설」), 노망난 늙은이 취급을 하는 아들 식구집에서 결연한 탈출을 감행하는 노인(「장혜옥 씨를 찾습니다」), 비좁은 컨테이너 안에서 불편한 몸으로 구두 수선을 하며 성적 착취에 시달리는 인물들은 물론이거니와 심지어 태아 살해의 위협에 직면한 태아의 목소리까지 빼곡히 들어차 있다.(「황색등이 켜질 때 길 건너는 법」) 문학이 기존 세계의 관성에 매몰된 채 살아가는 사람들에게 "가시권 밖의 안부"(안희연, 「백색 공간」)를 거듭 묻게 하는 심문의 형식이라면, 박이수는 거의 편집증적인 사명감에 휩싸인 심문관에 방불한다. 세계의 중심에 당당하게 진입하지 못하고 내밀한 개인적 상처와 현실의 폭력 앞에 무방비로 노출된 존재를 일말의 환상 없이 담담한 시선으로 포착해 내고자 하는 박이수의 소설은 그래서 많은 독자들을 불편하게 만든다. 하지만 그 불편함은 일상을 무탈하게 유지해 나가기 위해 알면서 모르는 척, 혹은 모르면서 다 아는 척하며 짐짓 넘겨 버린 우리가 문학을 통해 뒤늦게 받는 청구서에 가까울 것이다.

이제까지 박이수가 탐사했던 것이 세계의 주변이라면, 이번 작품은 그 세계의 끝에 선 인물의 사랑 이야기를 그리고 있다. 그런데 사랑이라니. "성욕이 강하고 폭력적"이며 "새디스트적 본능에 충실한 수컷들"[1]이 들끓던 박이수의 소설을 읽어 온 독자라면 조금 놀랄지도 모르겠다. 그

---

1) 김형중, 「해설 : 아이는 태어나지 않고」, 『부표의 전설』, 문학들, 2016, 225쪽.

녀가 이제껏 그려 낸 세계 속에서 남녀 간의 충일한 만남
과 합일로서의 사랑은 조금도 들어설 여지가 보이지 않기
때문이다. 물론 이 작품에 등장하는 사랑도 우리가 흔히
아는 낭만적 사랑의 서사와는 결이 다르다. 조금 전 이 작
품이 세계의 끝에 선 인물의 사랑 이야기라 썼거니와 작품
의 화자는 자살을 목전에 둔 칠순을 훌쩍 넘긴 여성 노인
이기 때문이다.

　본격적으로 작품을 살펴보기에 앞서 이 작품이 근거하
고 있는 한국 사회의 변화된 현실에 대해 잠깐 짚고 넘어
가 보도록 하자. 주지하듯 한국은 고령화 사회를 넘어 고
령 사회로 진입하는 중인데 그 속도가 세계에서 유례를 찾
아볼 수 없을 정도로 빠르다. 말하자면 산업화와 민주화
에 이어 이제는 고령화에 있어서도 '압축 성장'을 이룩하
고 있는 중인데 이와 같은 노인 인구의 급속한 증가는 가
구 형태에도 커다란 영향을 끼치고 있다. 그것은 바로 이
작품의 화자와 같은 독거노인의 급속한 증가이다. 최근
발표된 통계에 따르면 총 1인 가구 중 노인의 비율은 거의
25%에 달하며 이 비중은 계속해서 상승하고 있다. 우리는
흔히 '1인 가구' 하면 젊은 비혼 남녀들을 떠올리지만 실
제 '나 혼자 사는' 사람들 중 상당 부분은 노인들이다. 이

렇게 날로 늘어나는 독거노인들은 고령 사회로 진입하자마자 초고령사회를 향해 치달아 가는 한국 사회를 되비치는 거울이다. 독거노인의 권태롭고 허무한 내면에 주목하고 있는 박이수의 이 작품은 이러한 한국 사회의 변화된 현실을 기민하게 반영하고 있다고 볼 수 있다.

2. 노인의 사랑

작품의 화자는 한때 짧은 결혼 생활을 한 적도 있지만 남편의 외도로 이혼한 뒤 혼자 살고 있는 일흔셋의 여성 노인이다. 어린 학생들을 대상으로 독서지도와 논술 교습으로 생계를 이어 가는 그녀는 여느 독거노인들이 빠지는 빈곤과 과도한 노동의 덫에서 조금은 자유로운 인물이다. 하지만 그러한 약간의 경제적 여유가 그녀의 곤궁함을 모두 덮어 주지는 못한다. 무엇보다 그녀의 곤궁함은 경제적 결핍이 아니라 그녀의 텅 빈 내면으로부터, 그러니까 허무와 권태, 외로움 같은 것들에서 기인하는 것이기 때문이다.

그것은 그녀가 지금 누리고 있는 사랑으로도 쉽게 채

워질 수 없다. 그녀의 경우 현재 나누고 있는 사랑의 대상이 아내와 딸이 있는 남자이기 때문이다. 그러니 이 작품의 사랑 이야기는 일종의 불륜담이라고 할 수 있는데 사실 불륜이라는 소재가 우리에게 그리 낯설거나 파격적으로 다가오는 시대는 이미 지나간 지 오래다. 그럼에도 이 작품이 독자들의 흥미를 계속해서 잡아끄는 것은 그 불륜의 주체가 사랑과 정욕으로 한창 끌어오를 만한 사람들이 아니라 오히려 그런 시기는 오래전에 이미 지나가 버린 것으로 간주되는 두 노인들이라는 데 있다.

그러나 이것을 단순히 소재주의로 취급해서는 곤란하다. 차라리 박이수에게는 노인만이, 더 정확히 말해서는 남성 노인만이 진정한 사랑의 교감을 나눌 수 있는 존재일 수도 있기 때문이다. 앞서 거론했듯 박이수의 작품들 속에서 남성은 소소한 정을 나눠 주고 친밀감을 공유하며 사랑을 교감하는 존재라기보다는 무시무시한 성욕으로 여성의 몸을 돌파해 내는 폭력적인 기계에 가깝다. 그런 남성들에 대해 박이수의 여성 인물들은 생래적인 공포감과 거부감을 여러 차례 드러낸 바 있다. 하지만 이 작품에 등장하는 광일은 박이수의 이전 작품들에 등장했던 그런 남성들과 사뭇 다르다. 그의 손목은 화자의 손안에 꼭 쥐어질 만큼 얇으며 마치 초식동물같이 "왜소하고 마른 다리"를 지니고 있는 것으로 묘사된다. 게다가 화자보다 사과를 훨씬 잘 깎을 뿐더러 남성성에 집착하는 일반 남성들과 달리 발기가 되지 않는 상황에서 그 어떤 히스테리도 부리지 않는다.

광일은 말하자면 기존 세계가 승인한 남성성이 결여된 (혹은 그것을 어느 정도 탈피한) 인물이며 이것이 '나'로 하여금 편안함을 느끼게 해 주는 결정적인 이유가 된다. 그리고 이것은 광일이 '남성다움'의 기미를 어느 정도 잃은, 혹은 계속해서 잃어가고 있는 노인이라는 점과 무관하지 않을 것이다.

> 겉으로 볼 때 왜소하고 깡마른 그의 속몸은 나이에 맞지 않게 선이 고왔다. 꽤 단단해 보이는 가슴팍에서 이어진 허리와 확연히 구분된 골반 라인이, 마주 앉아 국밥을 먹을 때나 차를 마시면서 늘상 보아 온 뾰족한 목울대를 중심으로 주름이 몰린 목과 찻잔을 입으로 가져갈 때, 약간 떠는 엉성한 손과 조직이 연결된 한 신체라는 게 믿기지 않을 정도로 매끈했다.(12~13쪽)

광일의 신체는 왜소하고 깡마른 외면과 매끈하고 선이 고운 속몸으로 나뉘어져 묘사된다. 더군다나 "허리와 확연히 구분된 골반 라인"에 대한 묘사는 노인 여부를 떠나 일반적인 남성의 신체를 묘사할 때 부각되는 부분은 확실히 아니다. 이렇게 여성스럽기까지 한 광일의 몸은 "커다란 남자의 몸에 거부감을 갖고 있던" 화자가 광일을 마음 놓고 사랑할 수 있는 물리적 근거로 작용한다. 그녀는 다른 곳에서 "사람 중에는 어딘가 모르게 약해 보이는 사람과 강해 보이는 사람이 있"으며 "나이가 드니 이상하게도 약해 보이는 사람에 대한 전에 없던 애착이 생겼다."(40쪽)고 밝히기도 했는데 여기서 알 수 있듯 광일의 왜소하고 약한 신체는 노인이 된 화자의 눈에 의해 새롭게 포착되고 구성된 사랑의 대상이라고 할 수 있다.

하지만 그녀와 광일의 사랑은 세계의 환한 빛 앞에서 거듭 숨겨져야 하는 종류의 것이다. 그것은 이중의 의미에서 그러한데 무엇보다도 그 둘의 사랑이 세간의 승인을 받을 수 없는 혼외 불륜이기 때문이기도 하지만 그 사랑을 수행하는 서로의 늙은 신체에 대한 부끄러움이 크게 작용한 탓도 크다.

그럼에도 나는 혹시 어쩔지 몰라 늘 종아리를 덮는 롱스커트에 긴팔 티셔츠를 입는다. 언젠가 커튼을 치지 않아 새하얀 빛이 방으로 들어왔을 때, 스커트 사이로 창백한 내 다리가 드러났다. 얇아진 피부 속으로 입체감 없는 하늘색 핏줄이 훤히 비쳤는데, 그 빛깔이 너무 투명해 쓸쓸할 정도였다.

우린 차츰 무너져 내리는, 서로의 왜소하고 마른 다리가 지녔을 특징들에 대하여 많은 것들을 짐작했기 때문에 될 수 있으면 보이지 않으려고, 또 보지 않으려고 늘 조심했다.

이제 정말 안 보인다니까.

우리가 제일 자주 쓰는 말이 그거였다.

세간의 눈을 피함과 동시에 서로의 시선까지 암흑으로 덮어 버려야 겨우 안심이 되는 이와 같은 장면은 노년의 사랑에 끼어드는 육체성의 곤혹을 잘 드러낸다. 사실 노인은 여러 의미로 사회의 가시권 밖에 놓인 존재들이다. 고령 사회로 진입하면서 우리는 그 어느 때보다 많은 노인들을 마주하며 살아간다는 점을 떠올려 보면 이는 분명 역설적인 현상이다. 하지만 사회적으로나 문학적으로 그 노인들은 좀처럼 재현의 주체로 등극하지 못하며 죽음을 떠올리게 하는 불쾌한 풍경의 일부로 주변화 된다. 이러한 위축감은 스스로의 신체에 대한 단속(團束)으로 이어지며 자존감을 심대하게 손상시킨다. 작품 속에서 화자가 여러 차례 보여 주는 폭주(暴注)는 손상된 노년의 자아가 세계를 향해 내보이는 처절한 반항에 가깝다.

한편 화자가 광일의 아내 현자에게 내보이는 양가적인 태도도 흥미롭다. '나'는 현자와 광일이 평화로운 한때를 함께 보내는 모습을 상상하며 광일을 조금 더 사랑하게 되었다고 말하지만 이내 광일을 독차지하지 못하는 현실에 절망하기도 하고 현자를 오만한 여자로 깎아내리며 속물적인 만족감을 얻기도 한다. 이런 장면은 흔히 노인에게 기대되는 성숙에 값하는 모습은 확실히 아니며 그런 모습을 기대한 독자라면 조금 실망할지도 모르겠다. 하지만 박이수는 나이를 먹어도 여전히 사라지지 않는 인간 내면의 충동과 파괴적 에너지를 핍진하게 그려 냄으로써 인간이 결코 벗어날 수 없는 굴레의 속박에 대해 잠시 멈춰 오래 생각하게 만든다.

변기에 앉아 있다가 무심코 뒤쪽에 있는 거울을 돌아

보았을 때, 나는 소스라친다. 낯이 선 괴물을 보았기 때문이다. 정면이 아닌 45도쯤 되는 측면, 나 아닌 나, 그런데 분명히 나, 누가 그랬던가. 그것이 바로 끝없이 내게 도전장을 내밀며 내 안에 안주하는 괴물이라고. (79면)

이 작품을 끌고 가는 힘은 바로 이러한 '나'가 "내 안에 안주하는 괴물"과 싸우는 과정에서 발생하는 내면적 에너지에서 비롯한다. 그래서 그녀는 광일의 아내 현자뿐만 아니라 자신에게 향해야 할 광일의 신경을 빼앗아 가는 그의 딸을 향해서도 분노를 숨기지 않는다. 하지만 이것은 소위 말하는 '사랑의 독점욕'과 무관하다는 점을 일러두어야겠다. 그것은 독점욕이라기보다 차라리 통제할 수 없는 내 안의 괴물이 삶의 권태와 허무에 부딪쳐 발생하는 어떤 정념에 가깝기 때문이다. 그리고 이 권태와 허무야말로 이 작품을 관통해 기저에 흐르고 있는 강력한 정동에 다름 아니다.

3. 권태에 몸부림칠 때

일흔셋의 그녀는 참으로 독특한 면이 있는 인물이다. 먼저 눈에 띄는 것은 그녀가 자신의 생명을 스스로 거두겠다고 오래전부터 생각하고 있었다는 점이다. 이 작품은 "드디어 나는 그때쯤 생을 끝낼 거라고 어렸거나 젊었던 어느 순간 왜였는지 모르지만 그렇게 마음먹었던 나이가 되었다."는 긴 문장으로 시작한다. 문장에 드러난 것처럼 거기에는 마땅한 이유가 없다. 다만 작품을 읽으며 우리는 왜 그녀가 스스로 생을 거두려 하는지 어렴풋이 짐작하게 될 뿐이다. 그때 우리 눈을 사로잡는 것은 끔찍한 권태감이다.

회원들에게는 돌아가면서 축하를 받을 일들이 일어났다. 칠십이 넘은 나이에 좋은 일들이 일어나는 사실이 내게는 신기하기만 했다. 또 그런 일들이 왜 좋은 일인지 의문이었다. (중략) 내겐 시간이 너무 많았다. 여기저기 신청한 재능 기부도 마음대로 차례가 오지 않았다.(49~50쪽)

그녀에게 세계는 더 이상 좋은 일이 생길 것 없는, 그렇다고 크게 나쁜 일이 닥칠 것도 없는 무미건조한 일상의 공간이다. 그리고 그 공간을 메우고 있는 것은 애써 소진시켜야 할 '너무 많은 시간'이다. 이 무미건조함과 막막함을 그녀 안에 있는 '괴물'을 참지 못하게 만든다. 그래서 그녀는 아무 남자나 붙잡고 일견 기이한 도발을 감행한다.

　　방금 필터를 교환한 정수기에서 회전하는 물소리가 방 안에 가득 고였다.

　　이걸 사면 당신은 내게 뭘 해 줄 건데요?

　　나는 전수길의 얼굴을 빤히 쳐다보며 물었다.

　　네?

　　날 한 번 안아 줄래요?

　　예상했던 대로 그는 황당한 표정을 지었다.

　　(중략) 난 머지않아 죽을 거예요.

　　당황한 빛이 역력한 그의 얼굴을 빤히 바라보며 나는 혼잣말처럼 중얼거렸다.(39쪽)

　　우리는 마주 보고 앉아 그는 맥주를 마시고 나는 사

과를 먹었다.

날 한 번 안아 줄래요?

나는 남자의 얼굴을 빤히 보며 말했다.

네?

남자는 역시 황당한 표정을 지었다.

왜요? 내가 이상해서 그래요?

아뇨, 그게 아니라.

남자가 말문을 흐리며 머뭇거렸다.

무슨 일이 있으세요?

남자가 방 안을 두리번거리며 심각하게 물었다.

아무런 일도 없어요. 내 팔을 한 번 부러뜨려 볼래
요?

왜 그러세요 정말? 무슨 일인데요?

나한테 아무 일도 일어나지 않는 게 지겨워서요!(109
쪽)

그녀는 정수기 설치 기사 전수길과 이웃집 남자 김영
준에게 모두 자신을 한 번 안아 달라며 도발을 감행한다.
그녀가 원하는 이 포옹의 정체는 무엇일까? 그것이 순전
히 사랑과 교감의 욕구에서 비롯된 것이 아니라는 것은 인

용한 그녀의 마지막 외침에서 잘 드러난다. 그녀에게 있어 노인이 된다는 것은 더 이상 좋은 일이 일어나지 않는 걸 너머 아무 일도 일어나지 않는 삶의 세계로 진입한다는 걸 의미한다. 그 무미건조한 일상의 세계에 작은 파문을 일으키는 것은 낯선 남자와의 접촉이다. 실상 그녀가 광일 씨와 관계를 시작하게 된 것도 충동적인 그녀의 거짓말 때문이지 않은가. 그래서 이 소설은 사랑에 관한 이야기인 동시에 주체할 수 없는 권태에 내몰린 어느 여성 노인의 처절한 몸부림이기도 하다.

키에르케고르는 절망을 가리켜 죽음에 이르는 병이라 칭한 바 있다. 하지만 이 작품에서 그녀를 죽음에 이르게 하는 것은 (물론 그녀는 죽음을 시도하였으나 성공하지 못한다.) 철저한 권태와 외로움, 그리고 허무다. 그녀는 광일과의 사랑 때문에, 혹은 광일의 아내에 대한 질투 때문에 자살을 시도한 것이 아니다. 표면적으로는 그렇게 보일지 몰라도 그 안에는 그녀를 그렇게 몰고 간 '괴물'이, 그녀의 허무하고 권태로운 심연을 들여다보는 '괴물'이 이토록 단단하게 똬리를 틀고 있으니 말이다.

4. 나가며

고령 사회에 접어들면서 노인에 대한 사회적 관심이 부쩍 급증하고 있다. 하지만 이때 사회적으로 재현되는 노인은 대개 가난과 생활고로 점철되어 삶의 벼랑 끝에 내몰린 존재들이다. 그들은 사회경제적 문제로 취급될 때에만 비로소 우리 곁에 잠시 모습을 드러낼 뿐이어서 우리는 그 노인들의 삶과 현실적 욕망에 대해 거의 무지하다. 그 경향은 스스로 젊다고 믿는 사람들에게 더욱 현저하게 나타난다. 젊은 날엔 젊음을 모른다고 어느 가수는 노래했지만 청춘이 알지 못하는 것이 비단 젊음뿐인 것은 아니다. 그것은 아직 도래하지 않은 ─혹은 이미 도래하고 있는─ 노년의 삶에 대해서도 특히 무지하다. 그들은 노인을 스스로의 타자로 밀어내면서 영원히 지속될 것 같은 젊음에 도취한다. 하지만 그런 이들 역시 '언젠가는' 모두 거울 속에서 잔뜩 주름진 자신의 얼굴을 마주할 수밖에 없다. 그들은 아마 그때서야 깨닫게 될 것이다. 완전한 타자라고 생각했던 그것이 실은 자신과 결코 분리될 수 없는 강력한 동일자였다는 사실을.

어쩌면 문학은 그 서늘한 사실을 미리 알려 주는 일종

의 신탁이 아닐까. 하지만 현재 한국 문학이 얼마나 그 전령의 사명에 충실한지는 의문이다. 최근 문학은 그 자신의 새로움을 강박적으로 묻게 되었고 그러면서 '노인' 혹은 '노년'의 자리는 쉽게 지워졌다. 동시에 '지역' 역시 사라졌다. 지역은 중앙에 비해 지체된 시간성을 체현하고 있는 공간으로 여겨지기 때문이다. 이런 현실 속에서 여성 노인의 들끓는 내면의 에너지를 집중적으로 조명한 박이수의 이 책이 지니는 의미는 각별하다. 그녀는 지역이라는 '주변부'에서 '여성 노인'이라는 이중의 주변부에 놓인 인물을 개성 있게 형상화해 냈기 때문이다. 노인은 단지 사회경제적 지표로 환원될 수 있는 통계 덩어리가 아니라는 것, 모두 고유한 삶의 욕망을 지닌 채 다가오는 죽음을 예민하게 자각하는 존재라는 것을 박이수의 이 작품은 우리에게 묵직하게 일러 준다.

왜? 2년 전 시작하여 비교적 술술술 써 내려왔던 소설을 마무리하지 못하고 시간을 끌다가, 문득 마침표에 이르렀던 건 바로 이, 내가 왜?라는 질문에 몰입한 시점이었다. 무지 애를 태우며 지은 집 공사가 끝나고 그 집에 환하게 불이 켜지던 날, 공기와 별과 달과 모든 전등이 파랗게 보이는 테라스에 서서 소설의 결론을 얻었다. 나는 굳이 좀 덜 무섭게 죽는 방법을 고민하지 않아도 되는 사람이라는 확신이 들었기 때문이다.

오지랖이라곤 없는 내가 고령화 사회의 노인 문제를 다룰 생각은 없었다. 세계의 모든 노인을 외롭고, 불안한 존재로 묶을 생각은 추호도 없다. 오로지, 내 미래에 대한 그림을 그려 본 거다. 솔직하자, 솔직하자, 하면서 '솔직'에 가까운 상상을 하려 노력했다. 소설을 쉽게 마무리하지 못 했던 이유는 죽음이 아니라 삶에 대한 연민 탓이었을 것이다.

책이 만들어지기까지 함께해 준 문학들 최석희 선생님
께 감사의 인사를 전한다. 이상한 칠십 대 노인을 이해하
려고 애쓰셨을 한영인 선생님께도 고마움과 죄송한 마음
을 전한다.

2018년 겨울에

박이수

혼자라면 박이수 장편소설

초판1쇄 찍은 날 | 2018년 12월 19일
초판1쇄 펴낸 날 | 2018년 12월 24일

지은이 | 박이수
펴낸이 | 송광룡
펴낸곳 | 문학들
등록 | 2005년 8월 24일 제2005 1-2호
주소 | 61489 광주광역시 동구 천변우로 487(학동) 2층
전화 | 062-651-6968
팩스 | 062-651-9690
전자우편 | munhakdle@hanmail.net
블로그 | blog.naver.com/munhakdlesimmian
값 12,000원

ISBN 979-11-86530-55-9 03810

· 이 책은 광주광역시·광주문화재단의 지역문화예술특성화지원사업으로
  지원 받아 발간되었습니다.

후원 광주광역시 광주문화재단